Unfinished Business *Notes of a Chronic Re-reader*

비비언 고닉 선집 **3**

Unfinished Business

끝나지 않은 일

비비언 고닉

김선형 옮김

글항아리

우리가 문학 창작이라는 행위에 헌신하는 이유는
그것이 읽기라는 행위로 이어지기 때문이라고 믿었던 사람,
랜들 저렐*을 위하여

* Randall Jarrell, 1914~1965. 미국의 시인, 소설가, 비평가, 아동문학가.

작가 노트

이 책에는 기존에 출간된 내 다른 책들에 이미 나온
문장과 문단이 있고, 때로는 한 대목이 통째로 다시
나오는 부분도 있다. 내가 이른바 자기 '표절'을 서슴지
않았던 이유는, 이 책에서 다루는 주제가 다시 읽기인
만큼 그 대목들에 새겨둔 생각이 처음 등장했던 문맥을
바꿈으로써 나 자신을 '다시 읽는' 것이 쓸모 있다고
판단했기 때문이다. 독자 여러분이 이를 불쾌하게
받아들이지 않기를 진심으로 바란다.

내 경험으로, 인생 초년에 중요했던 책을 다시 읽다
보면 긴 의자에 누워 정신분석을 받는 느낌이 들 때가
꽤 있다. 다년간 마음에 품었던 서사가 느닷없이 불려
나오면 정신이 번쩍 들도록 심각한 의문점들을 맞닥뜨리기
마련이다. 이런저런 인물이며 이래저래 전개된 줄거리며
잘못 기억하고 있던 것도 한둘이 아니다. 그들이 여기
뉴욕에서 만났구나, 난 로마라고 철석같이 믿고 있었네.
그때가 1870년이었어, 1900년이라고 생각했는데. 그런데
그 어머니가 주인공한테, 세상에나 대체 뭔 짓을 한 거야?
한데 그래도 또 책을 읽는 동안 바깥 세계는 방울방울
내게서 멀어져만 가니 그저 놀랄밖에. 이도 저도 다 내
착각이었다면, 어떻게 이 책은 아직도 이렇게 내 마음을
사로잡는 걸까?

책 읽는 사람들이 대체로 그렇듯, 가끔은 내가 날 때부터 책을 읽은 건 아닐까 생각할 때가 있다. 세상일을 까맣게 잊은 채 손에 책을 들고 있지 않았던 시간은 기억에 없다. 가족이나 친구들과 휴가를 가도 나는 아름다운 전원 별장 거실에 내키는 대로 자리를 잡고 앉았고, 일단 책을 들면 꿈쩍도 않고 다 같이 보러 온 저 녹음 짙은 바깥세상엔 나가보지도 않았다. 언젠가 페루 안데스산맥을 관통하는 기차를 탔을 땐, 다들 창밖을 보며 우와, 와아, 탄성을 터뜨리는 와중에도 한창 빠져 읽던 『흰 옷을 입은 여인*Woman in White*』에서 눈을 떼지 못했다. 카리브해 해변에 앉아 이글이글 불타는 태양 아래서 다이앤 존슨의 『더 작은 삶들*Lesser Lives*』(조지 메러디스의 첫 아내의 삶을 상상해서 쓴 전기)을 무릎에 괴고 읽다가 문득 눈을 들고 1840년대 영국의 안개와 써늘한 한기에 에워싸여 있지 않다는 사실에 흠칫 놀라기도 했다. 그 책들이 얼마나 훌륭한 동행이 되어주었던지! 아니, 책은 다 그렇다. 그 무엇도 책에는 비길 수 없다. 문학작품에는 일관성을 갈구하는 열망과 어설프고 미숙한 것들에 형태를 부여하려는 비상한 시도가 각인되어 있어, 우리는 거기서 평화와 흥분, 안온과 위로를 얻는다. 무엇보다 독서는 머릿속 가득한 혼돈으로부터 우리를 구원하며 순수하고 온전한 안식을 허한다. 이따금, 책 읽기만이 내게 살아갈 용기를 준다는 생각이 든다. 아주 어린 시절부터 그랬다.

우리는 이민 노동자들이 모여 사는 브롱크스의 한 동네에 살았고, 하나밖에 없는 상가에서도 딱 한 군데 상점에서 생활에 필요한 모든 걸 해결했다. 정육점, 빵집, 식료품점, 은행, 약국, 구두 수선집 등 갖은 역할을 그 가게가 도맡았다. 그런데 어느 날, 여섯, 일곱, 아니 여덟 살이었나, 아무튼 아주 어렸을 때, 엄마 손에 이끌려 상가에서 처음 보는 가게로 들어갔다. 뉴욕 공공도서관의 지역 분관이었다. 실내는 길고 마룻널은 매끈하고 벽에는 바닥에서 천장까지 책이 들어차 있었다. 방 한가운데 자리한 데스크에는 엘리너 루스벨트가 앉아 있었다(그 시절 사서는 다들 엘리너 루스벨트와 꼭 닮은 모습이었다). 숱 많은 회색 머리를 벨에포크 스타일로 정수리에 틀어 얹고 놀랍도록 반듯한 콧잔등에 무테 안경을 걸친 키 크고 풍만한 여자는 잔잔한 관심이 담긴 눈길로 나를 보았다. 엄마가 데스크에 다가서서는 내 머리를 가리키며 엘리너 루스벨트에게 말했다. "얘가 책 읽는 걸 좋아해요." 그러자 사서는 일어서더니 "이리 오렴"이라고 말하고는, 어린이책이 꽂혀 있는 진열장 쪽 서가로 나를 데리고 갔다. "여기서부터 시작하면 돼." 그래서 거기서부터 시작했다. 그때부터 고등학교 졸업 때까지 사방 벽을 빙 둘러가며 책을 읽었다. 그 시절 상가 도서관에서 무슨 책을 읽었느냐고 지금 누군가 묻는다면, 그림 동화에서 시작해 『작은 아씨들Little Women』을 거쳐 『시간과 강물에 관하여Of Time and the River』까지 간 기억뿐이라고만 답할 수 있다. 대학에 들어가서야 그 오랜 세월 내가 줄곧 문학책만 읽었단 사실을 깨달았다. '다시 읽기'를 시작한 건 아마 그때부터였을 것이다. 그 후론 내밀한 벗이 된 책들로 계속 돌아가고 또 돌아가곤 했다. 나를 저 멀리 다른 세계로 훌쩍 데리고 가주는 이야기의 쾌감만으로도 마냥 좋았지만, 한편으로는 지금 헤쳐나가고 있는 이 삶을 이해하고 그로부터 어떤 의미를 끌어내야 할지 알고 싶은 마음도 있었다.

　　나는 시끌벅적한 좌파 집안에서 자랐고, 우리 집안에서 카를 마르크스와 국제노동계급은 감히 따지거나 의심할 수 없는 절대적 신념이었다. 사회적 불평등 앞에 열혈 감정을 터뜨리는 건 당연한 일이었다. 그렇게 내 구체적 경험들은 처음부터 낱낱이 삶의 정치성에 물들었고,

독서라고 예외는 아니었다. 내 독서의 목적은 한결같이, 오로지 단 하나였다. 나는 통제할 수 없는 외부의 힘에 얽혀드는 주인공의 행보를 통해 (짜릿하게) 그 모습을 드러내는 대문자 L로 쓰인 Life, 그 삶의 압력을 느끼려고 책을 읽었다. 이런 식으로 마이크 골드, 존 도스 패소스, 애그니스 스메들리뿐 아니라 찰스 디킨스, 시어도어 드라이저, 토머스 하디의 작품들을, 똑같이 통렬하게, 느꼈다. 그래서 몇 년 전 우연히 델모어 슈워츠*의 에세이를 읽었을 땐 소리 내어 웃지 않을 수 없었다. 슈워츠는 에드먼드 윌슨이 문학적 형식에 충격적일 정도로 무관심하다고 맹렬히 비판한다. 슈워츠에게 형식은 문학작품의 의미와 필연적으로 통합되어 있다. 반면 윌슨에게 중요한 건 책이 쓰인 방식이 아니다. 책이 무슨 말을 하는지, 전반적인 문화에 어떤 영향을 미치는지가 중요할 뿐. 에드먼드 윌슨은 습관적으로, 항상, 책을 사회문화적 맥락 속에 놓고 본다. 이런 관점에 기대어 프루스트와 도러시 파커를 한 문장에서 논하기도 하고 앙드레 지드와 맥스 이스트먼을 견주어 후자가 더 낫다는

---

* Delmore Schwartz, 1913~1966. 뉴욕 브루클린에서 나고 자란 유대계 시인, 소설가. "대공황 시기 뉴욕 유대인 중산층의 결정적 초상"을 그렸다고 평가받는다.

말을 할 수도 있게 된다. 슈워츠에게 이런 읽기는 그저 괴롭기만 한 것이었다. 하지만 내게는, 뭐라 말로 형용할 수 없이 보람찬 읽기였다. 그런 내게 읽은 방식 그대로 쓰기 시작한 것보다 더 자연스러운 일이 또 있었을까.

　1960년대가 저물어가던 어느 날 밤, 그리니치빌리지의 유명 재즈 클럽 뱅가드에서 열린 자유 강론을 들으러 갔다. 그날 밤의 행사는 '예술과 정치'라는 이름으로 열렸고, 희곡작가 리로이 존스(훗날의 아미리 바라카)*, 색소폰 연주자 아치 셉, 화가 래리 리버스가 단상에 자리 잡고 앉아 있었다. 객석에는 뉴욕시의 백인 중산층 자유주의자가 다 모여 있었다. 그러나 삽시간에, 예술은 정치 앞에서 속수무책으로 무력할 뿐이라는 게 선명하게 밝혀져버렸다. 흑인인권운동은 이제 소위 백인의 중재에 질려버렸다고, 리로이 존스는 행사 초장부터

* LeRoi Jones(Amiri Baraka), 1934~2014. 미국의 작가, 연극배우 겸 감독, 교육가, 운동가. 아프리카계 미국 문화를 대표하는 작가로 널리 읽혔지만 동시에 반유대주의, 여성혐오, 동성애혐오 표현으로 비난을 받기도 했다. 1960년대 후반부터 1970년대 초반까지 반유대주의 글을 써서 논란을 일으켰고, 1980년에는 고닉이 몸담았던 『빌리지 보이스』에 「전 반유대주의자의 고백Confessions of a Former Anti-Semite」이라는 에세이를 싣기도 했다.

그렇게 선언해버리곤 무대를 완전히 장악했다. 머지않아 혁명극장의 객석에 선혈이 낭자하게 흐를 텐데 과연 그 자리에 있을 자 누구냐고, 그는 말했다. 현장은 삽시간에 불같은 분노에 휩싸였다. 모두가 동시에 각양각색의 표현으로 "부당하다"고 악을 쓰며 괴성을 질러댔다. 소란스런 웅성거림 가운데 유난히 또렷이 귀에 꽂히는 목소리 하나가 통렬히 울부짖고 있었다. '난 내 몫의 대가를 치렀어, 리로이. 내 몫은 했다는 걸 당신도 알잖아!' 그러나 리로이 존스는 좌중의 소요에도 꿈쩍하지 않고 초연하게 설파했다. 우리가, "흰둥이"들이, 다 망쳐버렸다고, 그들, 흑인들이 성공한다면 다르게 하겠다고. 우리가 아는 이 세계를 깨부숴 박살 내고 처음부터 새로 시작할 거라고. 그때 했던 생각이 기억난다. '저 사람은 지금 이대로의 세계를 파괴하고 싶은 게 아니야, 지금 이대로의 세계에서 마땅히 차지해야 할 자기 자리를 찾고 싶은 거지. 다만 지금은 머릿속이 유혈로 가득 차서 스스로 깨닫지 못하는 것뿐이야.'

다른 사람들이 너 나 없이 상처를 아프게 후벼 팔 말을 찾아 악을 쓸 때, 나는 절박하게 그 말을 큰 소리로 외치고 싶었다. 허나 리로이 존스가 정말이지 무서웠고(고통스러울 만큼 영감으로 가득 차 있던 그 시절

대중 앞에 선 아미리 바라카의 위압적인 존재감은 아마 쉬이 상상하기 어려울 것이다) 결국 나는 침묵을 지켰다. 집에 돌아가서야 딱 집어 설명할 수 없는 긴박감에 불타올라 한밤중까지 잠 못 이루며 글을 썼다. "유일하고도 위대한 나의 통찰"이라는 관점에서 사건의 전모를 기록했고, 그 과정에서 훗날 자연스럽게 내 문체로 정착할 글투를 발견했다. 독자가 내 시선을 그대로 따라 보도록, 허구를 창작하듯("지난밤에 뱅가드에서……") 서사를 설정했는데, 그렇게 나 자신을 참여적 서술자로 활용하니 독자로 하여금 그날 밤 사건을 내가 겪은 그대로 경험하고, 내가 느낀 날것의 감정('난 내 몫의 대가를 치렀어, 리로이, 내 몫은 했다는 걸 당신도 알잖아!')을 고스란히 느끼게끔 할 수 있었다. 그리하여 책을 덮고 물러날 때는 '예술과 정치'보다는 차라리 '삶과 정치'의 통렬한 진실에 마음이 흔들리게끔 쓸 수 있었다. 그땐 미처 몰랐지만 나는 이미 일인칭 저널리즘personal journalism*을 연습하기 시작했던 것이다.

　이튿날 아침 간밤에 쓴 글을 봉투에 넣어 길모퉁이 우체통으로 가서 『빌리지 보이스The Village Voice』에 투고했다. 며칠 후 전화벨이 울렸다. "여보세요" 하고 받았더니 남자의 목소리가 응답했다. "댄 울프라고 합니다. 『빌리지 보이스』 편집장이에요. 그런데, 대체 누구십니까?" 생각할 겨를도 없이 대답했다. "잘 모르겠네요. 제가 누굴까요. 전화하신 분께서 말씀해주시지요." 울프는 웃더니 지금 쓰고 있는 글이 또 있으면 보내달라고 했다. 1년이 지난 후 나는 또 한 편의 글을 보냈다. 그리고 세 번째 글을 투고할 때까지 1년여의 시간이 또 흐른 것 같다.

내가 누군지 나도 모른단 말은 진심이었다. 순간순간 떠오르는 생각들을 말하면 "글로 써보지그래"라는 반응이 돌아오곤 했지만, 정작 쓰려고 들면 어김없이 자기회의로 마비가 돼버려 아무것도 쓸 수 없었다. 간혹 화급한 절박감에 시달리며 간신히 결론까지 글을 맺을 때가 있긴 했지만, 그런 일은 매우 드물었다. 그런데 뱅가드에서의 그 밤을 계기로 고통스러운 무능을 당당히 물리쳐버리라는 공공연한 초대장이 날아든 것이다. 글쓰기를 직업으로 삼겠다는 일생의 꿈이 이루어지려 하고 있었다. 그런데

* 고닉이 쓰는 표현이 늘 그렇듯, 'personal journalism'에서 'personal'은 단어가 지닌 모든 함의를 포괄하며, 당연히 개인적이고 사적이라는 의미도 갖는다. 그러나 작가가 이 책을 비롯한 여러 작품에서 표방한바, 자기 자신을 페르소나로 앞세워 '독자가 화자의 시선을 그대로 따라 보도록 쓰는 고유의 논픽션 양식을 좀더 정확히 지칭하기 위해서는 'person'을 '인칭'으로 해석해야 한다는 결론에 다다랐다. 글쓰기의 양식은 사적일지 모르나, 사회문화적 맥락을 최우선에 놓는 담론의 지향은 흔들림 없이 공적이기 때문이다.

나는 어떻게 했냐고? 결혼을 했다. 결혼해서 뉴욕을
떠나 외딴 시골에서 살기로 했고, 그렇게 글쓰기와의
연은 극적으로 끊겼다. 곧 다시 비혼이 된 나는 뉴욕으로
귀환했지만 출판계 주변을 맴돌면서 그때그때 생기는
잔일을 대충 해치우며 살았고, 그렇게 하릴없는 방황이
이어질 뿐이었다. 나는 나이가 들어서도 여전히 어른이
되기를 거부하는 어린아이였다.

그러다 어느 날 무턱대고 『빌리지 보이스』 편집부에
쳐들어갔다. 그런 배짱이 어디서 나왔는지 모르겠다.
댄 울프에게 일자리를 달라고 했다. "신경증에 시달리는
젊은 유대인 여자에다 1년에 글은 한 편밖에 안 쓰는데
내가 어떻게 일자리를 주겠습니까?" 아니요, 이제 안 그럴
거예요, 뭐든 시키는 대로 다 할게요, 나는 그렇게 말했고
그 말은 진심이었다. 두 번의 과제를 성공리에 해낸 나는
그곳에 취직했다.

그런데 내가 맡은 일이 정확히, 어떤 일이었더라?

『빌리지 보이스』는 냉전이 절정으로 치달았던 1955년
출범한 비평지다. 그때는 자유주의자로서 기탄없이
의견을 말하면 급진주의자라고 오해받았다. 여기서
핵심 단어는 '기탄없이'다. 『빌리지 보이스』는 썩어빠진
사회의 부패상을 고발하는 머크레이킹 저널리즘muckraking

journalism*을 표방했기 때문에, 투고 작가들은 단체로,
한 사람도 빠짐없이, 돌아가면서, 사회의 머리통에
총구를 겨누듯 글을 써 갔다. 어떤 면에서는 내 유년기
사회주의 리얼리즘을 빼다 박은 기획이었기에 거기엔
빠르게 적응할 수 있었다. 하지만 오래지 않아 일인칭
저널리즘을 추구하는 내 성향이 『빌리지 보이스』의
보도를 지배하는 '저들' 대 '우리'라는 구도의 호소력
짙은 단순성과 복잡한 마찰을 빚기 시작했다. 나 자신을
조명기구로 활용해 주제를 탐구하는 작법이 시간이
흐를수록 외면뿐 아니라 내면을 들여다보기를 주문했다.
'일인칭'과 '저널리즘'을 균형감 있게 병치하고 각 부분이
실제로 조립되는 방식을 파악하며 상황이 현장에서
체감되는 느낌을 포착해야 했다. 아득히 오랜 시간에 걸쳐
문제를 해결해보겠다고 씨름했지만 부분적인 성공만
겨우 거두었을 뿐이다. 그러나 1970년대에 접어들어
여러 해방운동이 촉발되자, 정치가 실존으로 체감되기
시작했고, 일인칭 저널리즘의 실천이라는 내 딜레마에도
돌파구가 생겼다.

　　1970년대 후반 『빌리지 보이스』의 한 편집자가 내게

---

* 유명 인사의 스캔들이나 추문을 폭로하는 콘텐츠.

말했다. "여성해방 쪽에서 블리커가에 모일 거라는데. 가서 취재해보지그래." "여성해방 쪽이 뭔데?" 그렇게 되묻고 불과 일주일 만에 나는 완전히 전향했다.

그 며칠 동안 나는 케이트 밀릿, 수전 브라운밀러, 슐러미스 파이어스톤, 티그레이스 앳킨슨을 모두 만났다. 다 같이 말을 쏟아내는 정신없는 자리였지만, 내 귀엔 그들 한 사람 한 사람의 발언이 단 한 마디도 빠짐없이 쏙쏙 들어왔다. 아니, 그보다 차라리, 그들 모두가 입을 모아 한가지 얘길 하는 걸로 알아들었을지도 모르겠다. 주말 즈음엔 단 하나의 생각이 화인처럼 내 뇌리에 찍혀 있었다. 남자는 천성적으로 두뇌를 중시하지만 여자의 천성은 다르다는 관념 따윈 다수의 믿음에 불과하다, 단연코 태생적 사실이 아니다, 라는 생각. 관념은 문화에 봉사하며 우리 모두의 삶이 취하는 형태에 핵심적으로 간여한다. 드디어 나는 깨달았다. 일하는 인간이라는 자아 관념을 일차적으로 떠올리지 못하는 무능력, 이제 보니 그것이 바로 여자라는 존재의 핵심적 딜레마였다.

이 통찰은 새롭고도 심오하게 느껴졌고, 뭐니 뭐니 해도 설득력이 대단했다. 별안간 눈앞의 양상이 똑똑히 보였다. 제대로 살지 못한 여자들의 삶은 가히 역사적인 규모로 저질러진 중범죄였고, '성차별주의'라는 말을 비추기만

하면 그 즉시 현란하게 생동하는 심리 드라마였다.

성차별주의, 그 한 단어가 이제 내 하루하루를 송두리째 좌우했다. 어딜 보나 성차별주의가 있었다. 날것의, 잔혹한, 범상하고도 내밀한, 고대부터 현재까지 끊임없이 건재해온 성차별주의가 눈에 보였다. 길거리에서도 보이고 영화를 봐도 보였다. 은행에서도 식료품점에서도. 뉴스 헤드라인을 읽을 때도, 지하철을 탈 때도. 성차별주의는 친절하게 닫히는 문을 붙잡고 나를 기다려주었다. 그러나 무엇보다, 문학에서도 그것이 보인다는 게 엄청난 충격으로 다가왔다. 성장기를 함께한 책들을 펼쳐 들고, 그제야 처음으로 보았다. 그 책들에 나오는 대다수 여자가 피도 살도 없는 뻣뻣한 막대기이고, 오로지 주인공의 운명에 좌절을 안기거나 행운을 선사하기 위해 등장할 뿐이라는 걸. 그때 비로소 깨달은바, 주인공은 거의 언제나 남자였다. 그들이 헤치고 나아가는 삶의 행보는 내가 언감생심 꿈꿀 수 있는 삶과는 결정적인 단절이 있거니와 어느 한구석 닮은 데도 없는데, 독자로 살아온 일평생 나는 그 남자들과 나를 동일시해왔던 것이다.

그 분석을 마치고 느꼈던, 날아갈 듯한 희열의 감정이란! 아침이면 그 뜨거운 기쁨을 안고 눈을 떴고, 춤을 추며 하루를 보냈으며, 미소를 지은 채 잠이 들었다.

현현과 계시만으로 구원을 보장받은 느낌이었다. 정치적
평등은 물론 내면의 자유까지 보장하는 약속의 땅에 발을
들일 수 있을 것만 같았다. 여성의 인권은 부정당한다,
이 사실 말고 뭐가 더 필요하단 말인가? 그것만 있으면
나 자신에게 나를 얼마든지 설명할 수 있는데. 그 시절
나는 환희에 달뜬 무정부주의자 같았다! 인습적 감정을
홀홀 떨쳐버릴 때의 흥분감 속에 흐르던 쾌감이 얼마나
짜릿하던지! 내가 얼마나 명랑하게 선포했는지 모른다.
"사랑에 평등이 없다고? 까짓 사랑 없이 살면 되지! 아이와
모성? 필요 없어! 사회적 비난? 말도 안 되는 소리!" 그땐
인생이 좋아 보였다. 내겐 통찰이 있고 함께할 사람들이
있었다. 눈길 닿는 어디에나 내가 보는 것을 보고 내가
하는 생각을 하고 내가 하는 말을 하는 여자들이 있었다.

　　허나 우리 앞날에 빵과 장미꽃만이 흩뿌려진
탄탄대로가 펼쳐질 리 만무했다. 이를테면
여성해방운동이 여남을 막론하고 모두에게 불러일으킨
공분은, 어느 누구도 예상치 못한 수준이었다. 가끔
무시무시하게 타오르는 분노의 불길을 보노라면 누군가
이 세상에 성냥을 그어 불을 댕긴 게 아닐까 싶었다.
하루가 무섭게 결혼이 파탄나고 우정이 깨지고 가족이
연을 끊었다. 흠잡을 데 없이 점잖던 사람들이 차마

입에 담지 못할 추악한 말을 서로에게 퍼붓고 거침없이 혐오스러운 행동을 일삼았다. 한번은 디너 파티에서 두 학자가 저명한 역사학자의 말을 귀담아듣고 있었다. 훤칠하고 늘씬한 여자와 키 작고 뚱뚱한 남자였다. 이 분야에 조예가 깊었던 여자 학자는 한 번씩 질문을 던지거나 논평을 덧붙였는데, 별안간 같이 온 동료 남교수가 발끈하면서 "자꾸 끼어들지 마라"고 쏘아붙였다. 나는 확신했다. 내가 기억하는 과거 언제였건, 이 여자는 잠자코 입을 다물었을 터였다. 하지만 이제는 여자도 정색하고 쏘아붙였다. "아니, 못생기고 작달막한 게 어디 누구한테 말을 그만해라 마라야!" 테이블에는 정적이 내려앉았고, 몇 분 안 되어 모임은 파장했다. 그때 그 자리에 있던 나도 너무 놀라 얼떨떨해진 채 말을 잃었다. 여자의 폭발이 은근히 흥분되고 설레었던 한편, 어느덧 우리 사이에서 예의가 자취를 감추었다는 실감이 재를 씹은 듯한 쓴맛으로 입안에 감돌았다.

그로부터 10년이 안 되어 1970년대 페미니스트들도 깨닫게 된다. 정치적 분석으로 통합된 연대를 지킬 수 있을진 몰라도, 이미 상처 입고 훼손된 자아로부터 우리 자신을 구원하려면 이데올로기만으론 어림도 없다는 사실을. 열렬한 수사와 엄정한 현실의 요구 사이에,

전혀 검증되지 않은 확신이라는 위태로운 무인 지대가 가로놓여 있었다. 그때 우리는, 아니 우리 중 다수는 흡사 '이론과 실천의 괴리'가 사람이 되어 걸어다니는 꼴이었다. 참담하리만큼 복잡다단한 실제 감정은 우리가 이러이러한 감정을 느낀다고 공공연히 선포했던 바와 전혀 딴판이었고, 그 괴리는 하루하루 점점 더 선명해지기만 했다.

내 인격에 내재한 모순이 날마다 나를 괴롭혔다. 그동안 신경도 안 썼던 행동 패턴들이 갑자기 거대한 모습을 드러내며 엄습해왔다. 나는 내가 일반적으로 '훌륭한 인격'이라 불리는 가치를 대단히 중시하는 평범하고 점잖은 사람이라고 믿고 살았다. 그런데 이제 보니 내 행동은 전혀 그렇지 않았다. 대화를 하면 남의 말허리를 자르며 호전적으로 따지고 들었고, 가족 모임은 따분하고 하찮은 일로 여겼으며, 작업실에서는 철두철미하게 이기적으로 행동했다. 친밀한 관계를 갈망하며 시들어가면서도(적어도 생각으론 그랬다) 인간관계는 오히려 하나씩 끊어내고 있었다. 다른 모든 것을 나 몰라라 하고 오로지 나 자신의 욕구라고 판단했던 바에만 충실하느라 친구나 연인의 욕구는 내팽개쳤기 때문이다. 자아분열에 매몰된 나머지 자처해버리고 만 편협한 경험의 궁지란. 이젠 얼마나 소름 끼치게 느껴지던지!

어느새 상상도 못한, 우주처럼 광활한 내면세계가 내 앞에 열렸다. 그 우주는 나름의 이론과 법칙과 언어를 제법 갖추고 있었고, 그로써 구성된 세계관은 다른 어떤 세계관보다 더 큰 진실―내면적 현실성―을 담보하는 듯 보였다. 그리하여 내면의 번뇌라는 드라마가 그 우주에서 펼쳐지기 시작했다. 이제는 허구한 날 나 자신을 붙잡고 씨름해야 했다. 나의 한 부분이 또 다른 부분과 맞서 싸웠고, 이성이 이런저런 행동을 떨쳐버리라고 하면 강박이 이성의 소리 따윈 듣지도 말라고 주문했다. 그악스런 열패감에 시달리며 나는 좌절하고, 또 좌절했다. 성찰의 시간이 지나고 나서야 비로소 통찰만으로는 아무것도 이룰 수 없음을 똑똑히 깨달았다. 그러나 이 깨달음을 곱씹어 흡수하고 받아들이는 데 다시 몇 년이 걸렸다. 최대한 통합된 자아에 가까이 다가가기 위해 노력하는 게 내 평생의 과업이 되었다. 위대한 안톤 체호프가 우리 기억에 또렷이 새겨둔 표현을 빌리자면, "타인이 나를 노예로 만들었[을지 모른]다 해도, 나 자신을 쥐어짜서 내 안의 노예근성을 한 방울 한 방울 뽑아내야 할 당사자는 바로 나"였다.

또다시, 나는 다르게 읽게 되었다. 내가 읽고 또

읽은 책들—특히 소설들—을 꺼내 다시 읽었다.

이번 읽기에서 알게 된 건 이야기가 무엇이든, 문체가 어떠하든, 시대가 언제이든 문학작품의 중심 드라마는 늘 치명적으로 유독한 인간의 자아분열에 달려 있다는 사실이다. 자아분열이 유발하는 두려움과 무지, 그로부터 올라오는 수치심, 수의처럼 우리를 뒤덮어 말려 죽이는 그 미스터리는 항상, 언제나 문학의 관건이었다. 그리고 또한 좋은 책이 우리를 감동시키는 힘, 글에 암묵적으로 내재하는 그 힘의 원천을 알게 되었다. 그 힘은 산문의 신경 어딘가에 붙들려 담겨 있다. 그것은 어김없이(흡사 원초적 무의식에서 나오듯) 우리를 끈질기게 사로잡는 어떤 상상이었다. 균열이 아물고 부분들이 합체되고 연결에의 갈증이 기가 막히게 해갈되어 잘 작동하게 된 인간 존재의 상상이었다. 과거에도 또 지금도, 내 생각은 같다. 위대한 문학은 통합된 실존이라는 업적이 아니라, 그 위업을 향해 발버둥 치는 인간이라는 존재에 각인된 분투의 기록이다.

나는 여전히 대문자 L로 적힌 Life, 삶의 압력을 느끼려고 읽는다. 여전히 제힘으로 통제할 수 없는 기운들에 얽매이고 휘둘리는 주인공을 보려고 읽는다.

글을 쓸 때는 여전히 독자를 내 시선에 바짝 붙여놓고자 하며, 그들이 주제를 내가 겪은 대로 경험하고 내가 느낀 대로 체감하기를 바란다. 이어지는 장은 앞서 말한 모든 것을 새삼 느끼게 해준 책들을 읽고 또 읽으면서 내가 맞닥뜨려온 대로, 문학의 야심찬 기획에 감사하며 쓴 글들이다.

하나

어느 영문학 교수가 손에 『아들과 연인*Sons and Lovers*』을 쥐여주었을 때 나는 스무 살이었다. 그때까지 '성장소설coming-of-age novel'이라는 말은 들어본 적도 없었지만, 책을 읽자마자 그게 뭔지 본능적으로 알 수 있었다. 성인이 된다는 것의 요체를 D. H. 로런스가 어찌나 노골적이고 극적으로 다루었던지, 젊다 못해 어린 나이였음에도 이야기의 핵심에 자리 잡은 원초적 갈등과 공명하는 나 자신을 느꼈다. 책을 단숨에 읽어치운 나는 반쯤 홀린 상태로 강의실에 돌아갔고, 그날부터 『아들과 연인』은 내게 성서와 다름없는 신성한 텍스트가 됐다. 그로부터 15년이 흐르는 사이 이 책을 세 번 더 읽었는데, 그때마다 동일시하게 되는 주요 인물이 바뀌었다. 주인공 폴 모렐, 어머니 거트루드, 폴의 젊은 연인들인 미리엄과 클래라.

처음 읽었을 때 그 대상은 폴의 첫 경험 상대인 농부의 딸 미리엄이었다. 미리엄이 폴과 잔 건, 하고 싶어서가 아니라 그를 잃을까 두려워서였다. 성교 도중 미리엄의 공포는 극단으로 치닫는다. 미리엄은 순순히 성 경험에 몸을 맡기는 대신—자기만의 성적 황홀경에 몰입한—폴에게 깔린 채 생각한다. 나라는 걸 알고 있는 걸까? 나라는 걸 알까? 폴이 욕망하는 사람이 자기인지, 다른 누구도 아닌 자기만을 오롯이 원하는지를 기어이 알아내고야 말겠다는 게 미리엄의 원초적 욕구다. 딜레마는 참담하다. 나는 두 사람 각각을 둘러싼 열기, 두려움, 불안을 감지하면서도, 그중에서 유독 미리엄이 된 듯한 느낌이 들었다. 나는 스무 살이었다. 미리엄에게 필요했던 게 내게도 필요했다. 다음번 책을 읽을 때 나는 클래라였다. 성애에 열정적이고 에로틱한 삶에 몰입하길 원하지만, 한편으로는 남자가 욕망하는 대상이 다른 누구도 아닌 **자기**이기를, 오로지 자기이기만을 바라는, 하지만 그런 자기 욕구에 잠재된 수치심도 여전히 생생하게 의식하는 노동계급 여자 말이다. 세 번째 이 책을 읽을 때 나는 30대 중반이었다. 두 번 결혼하고 두 번 이혼하고 여성으로서 갓 '해방된' 상태였다. 그래서 폴과 동일시했다. 욕망의 대상이 되기보다는 욕망하는 주체가 되는 데 골몰하던 나는—풍부하고, 충만하고, 황홀한—성적 경험의 충격적인 쾌감 자체에 저항 없이 투신해 찬란한 희열을 만끽했고, 소설 끝에 가선 나도 이제 폴처럼 내 삶의 주인공이 되었다고 상상했다.

『아들과 연인』을 근래에 다시 읽은 건 이른바 원숙한 장년기에 들어섰을 무렵이었는데, 그동안 잘못 알고 있던 세부 사항도 많았거니와(그런 내용이 많긴 했다), 무엇보다 책 전체를 관통하는 테마에 대한 기억이—삶의 그런 핵심적 경험인 열렬한 성애를 다룬 작품인 줄 알았는데—아예 틀린 것이었음을 깨달았다. 책이 정말로 말하려는 바가 그게 아니라는 걸, 이제는 알 수 있었다. 지난 세월 내가 이 책을 그토록 소중히 마음에 간직해온 이유는 엉뚱한 것이었지만, 그건 오독 때문이 아니라 앎이 아직 여물지 못했기 때문이었다. 그렇게 생각하니 책이 오히려 더욱 위대하고 감동적이었다. 이 일을 계기로 책 한 권의 풍요한 의미를 향해 여행을 해야 하는 쪽은 독자인 나라는 걸 처음 똑똑히 깨닫기도 했다.

영국 중부 지방 광산촌을 배경으로, 서사는 모렐 부부와 네 자녀의 행보를 따른다. (낭만적 감수성을 지닌) 거트루드와 (재미를 좇는 광부) 월터는 댄스파티에서 처음 만나는데, 거트루드는 월터의 잘생긴 외모와 춤 실력, 명랑한 성격에 반하고 월터 역시 자신의 관능성에 감응하는 거트루드에게 매력을 느낀다. 서로에게 정념을 품게 된 두 사람은 결혼한다. 월터는 거트루드에게 그들만의 집과 웬만한 수입을 약속하며, 상냥하고 가정에 충실한 남편이 되겠다고 한다. 그러나 머지않아 거트루드는 월터가 어떤 약속도 지킬 수 없단 걸 알게 된다. "끈기라고는 없는 인간이야, 그는 쓰디쓴 혼잣말을 내뱉었다. 찰나의 느낌, 그게 전부인 인간이라고. 어떤 원칙도 지킬 수 없는 인간. 그럴싸한 겉치레 뒤엔 아무것도 없었어." 월터는 월터대로 거트루드가 절망을 잘 극복하는 사람이 아니라는 걸 알고 기겁한다. 거트루드는 낙심한 나머지 악에 받치고 꼬장꼬장한 사람으로 변한다. 월터는 집에만 들어가면 쉴 새 없이 쏟아지는 비난에 어찌할 바를 모르고 기회만 나면 술집으로 도망가버린다.

8년이 지나고(책은 이 시점에서 시작된다) 서른한 살이 된 모렐 부인은 셋째 아이를 임신했다. 물질적으로나 정신적으로나 꿈에도 생각지 못한 가난에 시달리며, 그는 이제 (자신에게도 아이들에게도) 일개 폭력적인 주정뱅이 양아치일 뿐 아무런 감흥도 주지 못하는 남편을 혐오한다.

낭만적 감수성을 아예 잃어버린 건 아니었기에, 모렐

부인은 지독한 정서적 굶주림을 달래줄 반려의 관계성을
아들들—하나뿐인 딸은 존재감이 없다—에게서 찾는다.
처음엔 큰아들 윌리엄이 바라던 솔메이트처럼 보이지만,
얼마 지나지 않아 둘째 아들이자 우리 소설의 주인공
폴이야말로 진정 일심동체로 어우러질 짝임이 밝혀진다.
폴이 자기 무릎에 누워 있던 어린아이였을 때부터 이미
"그는 이상하게 아기에게 마음이 끌렸다. (⋯) 아기는 아주
건강해 보였지만, 미간을 찌푸리는 어떤 구체적인 표정,
눈꺼풀이 나른하게 감기는 어떤 특별한 느낌이 눈에
밟혔다. 어쩐지 고통 같은 것을 이해하려 애쓰는 것만
같았다. (⋯) 아기를 보고 있는데 별안간 심장에 고여
있던 묵직한 느낌이 녹아내려 절절한 비통함으로 화했다."
엄마가 품고 있던 영혼의 불안은 아기에게 침투하고 만다.
서너 살이 되자 폴은 아무 이유 없이 울고 아무 이유 없이
침울해한다. 하지만 독자는 이해한다. 그건 폴이 태어날
때부터 어머니와 한 몸이었기 때문이라는 걸.

그리고 이제 우리는 여기에 작용하는 감정이 정확히
'어머니의 사랑'이 아니란 것도 안다. 그건 자기 영혼의
구원이 이 아이의 영적 구원과 합체되어 있음을 아는
여자의 생각이요 감정이다. 어머니의 숭모와 의지에
속박된 소년은 10대가 되어 어머니 곁을 영영 떠나지

않겠다고 선언하지만, 청년으로 성장하는 과정에서
불가피하게 알게 된다. 내면의 삶이 이끄는 방향으로
자기발견을 향해 나아가다 보면 어머니는 뒤에 홀로
남겨둘 수밖에 없다는 사실을.

　가슴 저미도록 슬픈 폴의 딜레마를 표현하기
위해 로런스가 활용하는 은유는 당연히 에로스적
사랑이다. 성애를 갈구하는 폴의 욕구는 점점 더
커져가고—미리엄과 클래라 두 여자가 그의 각성과
성년식을 위한 도구로 이용된다—그는 성애의 비범한
힘을 깊디깊게, 집요하게 파고 들어간다. 그리하여 성애의
격정이 해방을 모사할 수 있지만(이건 아주 또렷이
기억났다), 실제로 해방을 가져다주진 못한다는 것(이것도
똑똑히 기억났다)을 기어이 알게 된다. 소설의 핵심에
놓인 투쟁은 폴과 모친의 갈등보다는, 성애를 해방으로
착각하는 폴이 자기 환상을 붙잡고 씨름하는 데 있다.
까마득히 오랜 시간이 흐른 뒤에야 나는 비로소 이
통찰을 제대로 이해했다.

　내가 소녀였을 적에, 1950년대 당대 문화는 성애
경험과 멀찍이 거리를 두는 부르주아적 삶의 제약들과
혼연일체였다. 그 거리감이, 자아 발견의 약속은 열렬한
성애의 힘과 불가분으로 얽혀 있다는 초절적 꿈에

자양분을 주었다. 다만 그 시절 우리는 성애를 정념이라 부르지 않았다, 우린 그걸 사랑이라 불렀다. 그리고 온 세상이 사랑을 믿었다. 공산주의자이자 낭만주의자였던 엄마는 말했다. "넌 똑똑하니까 꼭 세상에서 출세해라. 하지만 한시도 잊지 마라. 여자 인생에서 제일 중요한 건 사랑이야." 길 건너 그레이스 러빈의 모친은 금요일 밤마다 촛불을 켜놓고* 뭐가 움직이기만 해도 겁을 내는 여자였고, 그래서 딸에게 이렇게 속삭였다. "엄마처럼 살면 안 된다. 꼭 사랑하는 남자랑 결혼해야 해." 길모퉁이 너머 엘레인 골드버그의 모친은 페르시아산 양털 코트 소매에 팔을 끼워 넣으며 어깨를 으쓱했다. "돈 많은 남자 사랑하는 건 가난한 남자 사랑하는 거나 마찬가지로 쉬운 일이지." 그러나 그분 역시 사랑을 믿었기에 목소리엔 쓸쓸함이 묻어났다.

이상적인 삶—교육받은 삶, 용감한 삶, 더 넓은 세상에서 살아가는 삶—이라면, 사랑은 추구할 뿐 아니라 반드시 쟁취해야 하는 목표여야 마땅했다. 사랑만 쟁취하면 존재는 철저히 탈바꿈한다. 그러면 우리가 일상적으로 서로에게 건네는, 내면의 삶을

---

* 안식일 초Shabbat candles. 유대교의 전통 의식으로 금요일 해가 지기 전에 집 안의 여자가 촛불을 밝혀 안식일의 의례를 시작한다.

제대로 표현하지도 못하는 어설픈 보고서 따위가 아닌, 풍요롭고 심오하고 질감이 살아 있는 산문을 직조할 수 있게 된다고들 했다. 사랑의 약속 하나만 있으면 우리는 얼마든지 진정성 있는 경험을 찾아 저 바깥으로 고개를 돌려 이런저런 경고에 시달려야 하는 감시관할구역을 떠나는 꿈을 꿀 수 있었다. 심지어 확실한 결혼 약속 같은 것 없이도 거침없이 낭만적 열정에, 그러니까 사랑에 풍덩 빠질 때에만 경험을 얻어낼 수 있었다.

우리가 이걸 알았던 이유는, 『안나 카레니나』와 『보바리 부인』과 『순수의 시대』는 물론, 이 책들의 어정쩡한 판본인 일만 권의 여타 책, 잇달아 나오던 싸구려 로맨스들을 일평생 읽어왔기 때문이다. 문학에서는 어중간한 대중 작가뿐 아니라 좋은 작가, 위대한 작가들마저 하나같이 감정의 깊이를 파고들어 가능했다. 사랑의 힘을 찬양하기 위해 쓰인 그런 말들을 접한 독자들은 자기 안의 생명을 느끼지 않을 수 없었다. 20세기 중반 『아들과 연인』을 읽던 다른 모든 사람처럼—여기서 모든이란 교육받은 평범한 독자를 뜻한다—나 역시 인간 존재의 중핵에 다다르려면 감각을 통해 자기인식에 도달해야 한다는 확신의 정수精髓로서 그 책을 체험했다.

만년에 접어든 지금, 세계를 제작*하는 이 망상을

다른 로런스의 파란만장한 소설을 경탄하며 읽다 보니
이상하다는 생각이 들었다. 『아들과 연인』의 인물들은
성애에 인생을 건 데 대한 대가를 치르며 사무치는
원통함에 젖어 있다―그것도 거의 처음부터. 그런데 이걸
내가 어떻게 못 보고 넘어갔을까. 일찍이 폴을 임신한
시점부터 모렐 부인은 내심 회의하기 시작한다. 어떻게
이 지경에 이르렀는지 스스로도 잘 모르는 채. "앞날을
바라보고 삶을 조망하면 산 채로 매장당하는 기분이
들었다." 어째서 생매장일까? 영혼의 고독에 포위된 채
단절되었다는 느낌에 질식해 죽어가고 있었기 때문이다.
"'전부 나랑 대체 무슨 상관이지?' 그는 마음속으로
생각했다. '이게 다 나랑 무슨 상관이냐고? 앞으로 낳을
아기까지 다! 나는 아예 계산에 없는 것 같잖아.'"

　이 대사를 나는 전혀 기억하지 못했다. 하긴 굳이 기억할
이유가 무엇이겠는가? 이 말은 자아라는 프로이트적
개념이 갓 탄생하던 1910년이 아니라, 상담치료 문화가
정점에 달한 1970년의 여자가 할 법한 말처럼 보였다.
예전엔 모렐 부인을 생각하면, 배반당한 인생의 꿈에
강박적으로 몰두하다 복잡한 다차원적 면모를 상실한

---

* 세계제작world-making, 세계가 발견되는 것이 아니라 의미 있는 기호체계
로서 구성되고 창조된다는 철학 개념.

침울한 중년 부인이 떠올랐다. 그러나 여기, 또렷이 의식하고 있는 모렐 부인이 있다. 그는 끝없이 흘러가는 일상 속에서, 박탈 중에서도 가장 치명적인 박탈을 경험하며, 실종된 내면의 삶을 의식한다.

그리고 모렐 씨도 있다. 내가 기억하는 그는 칼리반**처럼 야만적인 존재였지만, 이제 보니 더 나은 사람이 될 수 있는 유일한 수단, 곧 상호 공감하는 동반자 관계를 상실하고, 그 때문에 생래의(유일하게 타고난 재능인) 천진무구한 관능성을 계속해서 잠식당하는 미성숙한 남자일 따름이었다. 젊은 시절 모렐 씨는 가벼워지기, 그 하나만을 열망하는 심장에 음악에 대한 사랑을 새겼던 뛰어난 춤꾼이었다. 허나 그 또한 황야에 버려진 채 울부짖고 있다. 감각하는 인간이면서도 자기 내면과 대화할 줄 모르고, 언어가 없어서 기쁨을 잃은 본연의 자아에 접근할 길도 막혀버린 그의 머릿속엔 혼돈만이 가득하다. (이 모든 것 안에 나는 어디 있나?) 감정을 표현할 능력이 전혀 없는 모렐은 일이 끝나도 곧장 집으로 돌아갈 수 없고, 아내는 이제 그런 남편을 보기만 해도 진저리를 치며 정상성이라는 이중의 덫에

** 윌리엄 셰익스피어의 『템페스트』에 등장하는 야만적인 괴물.

걸려 격렬하게 분노한다. "그는 혼자 앉아 있었다. 화구에
놓인 냄비에서 김이 올랐다. 음식 접시가 식탁에 놓인 채
기다리고 있다. 기다림의 감각이 방 안을 가득 채웠다.
광구의 흙먼지를 뒤집어쓰고, 저녁도 거른 채, 집에서 몇
킬로미터 떨어진 어딘가, 어둠 너머에서, 취하도록 술을
마시는 남자 (…) 그깟 독립성을 어떻게든 내세워보려
더럽고 혐오스러운 방식을 고집하는 그 남자를 기다리고
있다. 가족들은 남자를 진저리가 나도록 혐오했다."

"진저리가 나도록 혐오했다"란 말은 책에서 수시로
반복된다. 3쪽에서 모렐 부인은 남편을 증오한다.
5쪽에서는 경멸한다. 8쪽에선 진저리를 치며 혐오한다.
그러고는 다시 처음으로 돌아가 이 과정을 되풀이한다.
소설 전반에 걸쳐 반복되다시피 하는 과정이다. 이걸
'사랑'에 헌정한 책으로 읽자고 들면, 한 장 한 장 페이지를
넘길 때마다 마구잡이로 내던져지는 그 삼엄한 분노에
정신이 번쩍 들 것이다.

그렇다, 모자는 진저리 나게 그를 혐오했다. 하지만
그들은 또한 그이기도 했다. 폴은 부친과 공통점이 한
톨이라도 있음을 인정하느니 차라리 살갗을 벅벅 긁어
벗겨내는 쪽을 택할 위인이지만—이 대목은 확실히
기억이 안 났다—사실은 부친만큼이나 변덕스러운

기분에 휘둘리며 좀처럼 속을 감추지 못한다. "폴은
이해받지 못하거나 홀대받는다고 느끼면 곧바로 광대나
깡패로 돌변했다가는 따뜻한 손길이 닿으면 이내 다시
사랑스러워지는 그런 소년이었다." 마음속 어딘가에서
폴은 자기 안의 관능적 감정 — 애틋한 감정이든,
사람이라도 잡을 듯 맹폭한 감정이든, 살갗을 터뜨리며
폭발해버릴 듯한 그 모든 관능적 감정이든 — 이 전부
아버지 모렐에게서 오는 것임을 알고 있다. 하지만
스스로에게 내면의 분열을 사유하도록 허락했다면, 그는
아마 병들어 앓아눕고 말았을 것이다. 그래서 작가는
그가 자기분열을 사유하지 못하게끔 하곤, 독자가 대신
사유하게 한다.

그리고 윌리엄이 있다. 평범한 윌리엄의 불행한 삶은
앞으로 닥칠 에로틱한 재앙들을 예기하는 소소하고
불길하고 극적인 사건이다. 윌리엄은 회계사의 영혼을 지닌
인간이다. 런던의 화이트칼라 사무직에 푹 빠져든 그는
일이 돈과 사회적 신분 상승을 보장하리라는 기대에 차서,
명랑하게, 집으로 가는 발걸음을 서서히 끊는다. 도시에서
출세하려는 아이가 다 그러듯이. 그런데 그런 윌리엄이
아직 20대 초반이던 어느 해 크리스마스에 결혼을
약속한 비서 릴리를 집에 데리고 온다. 릴리는 아름답고

윌리엄은 그런 그에게 정신을 못 차릴 만큼 빠졌지만, 한편으론 허영심 많고 어리석은 모습에 끊임없이 짜증을 낸다. 어머니의 눈으로 릴리를 바라보게 되면서는 더욱더 끔찍하게 거슬려한다. 엇갈리는 마음에 혼란한 윌리엄은 모자를 떨어뜨리고 릴리와 말다툼을 하지만 곧 형편없는 행동거지를 후회하고 다시금 뜨거운 혈기에 이성을 잃고 만다. "그는 후회하고 키스하고 위로했다. (…) [그러나] 저녁이 되어 식사를 마치고 릴리가 소파에 앉아 있을 땐 벽난로 앞 러그를 밟고 선 채, 릴리를 미워하는 듯 보였다."

어머니는 윌리엄에게 어떤 일이 닥쳤는지 알고 충격을 받는다. 그리스 비극에서처럼 아들에게 닥친 사태가 눈에 훤히 보인다. "릴리는 불을 지폈다. 어느 때보다 더 마음이 무거웠다." 본인도 성적 끌림에 혹해서 결혼했지만, 사람을 노예처럼 옭아매는 성애의 위력에 이렇게까지 절박하게 매달리는 욕망이라니—이런 걷잡을 수 없는 쓰라린 집착은 그 세대 사람들은 본 적이 없는 것이었다. 이것이 한 세계를 풍비박산 낼 사태임을 모렐 부인은 즉시 알아차린다.

당사자인 윌리엄도, 아슬아슬하게 깨달음에 근접한다. 릴리를 향한 갈망은 자기가 봐도 혐오스럽다. 굴욕을 자처하고 스스로도 경멸할 짓거리를 기어이 하게 만드니까. 릴리는 그저 생긴 대로 존재할 뿐 아무런 죄도 없단 걸 알면서도, 윌리엄은 자신의 비참을 릴리 탓으로 돌리며 태산 같은 원망을 쌓을 수밖에 없다. 급기야 주체 못할 절망이 폭발하자, 그는 공포에 질린 어머니를 향해 악을 쓴다. 자기가 죽더라도 릴리는 몇 달이면 잊을 거라고, 그렇게 얄팍한 여자라고.

정념, 정념, 정념. 견고하고 비열하고 파괴적인 정념. 관능적이지도 낭만적이지도 않고, 그저 끓어오를 뿐인. 이걸 내가 어떻게 잊을 수 있었을까. 사랑보다 전쟁에 가까운 정념. 성적 황홀경에 대한 갈망 배후에 도사린 날것의 야성, 그 번민의 깊이, 파멸의 두려움, 다시는 돌이킬 수 없는 결과. 여기에는 성애에 굶주려 치러야 했던 대가를 적나라하고도 냉정하게 응시하는 백 년 전의 시선이 있다. 지금 『아들과 연인』을 읽어 내려가다 보니 H. G. 웰스가 같은 시기 결혼에 대해 썼던 그 많은 어정쩡한 소설이 어쩔 수 없이 떠오른다. 똑같은 갈등이 걸핏하면 떡하니 서사의 중심을 차지하던 그 소설들. 출세를 갈망하는 노동계급 소년은 한편으로 성생활의 부재로 시들어가다 결혼만 해주면 같이 자주겠다는 여자를 처음 만나선 이 여자와 결혼해야 한다는 자기 꼬드김에 자기가 넘어가버린다. 이런 소설 주인공들은

백이면 백 결혼생활에 헌신하길 두려워하지만, 두려움은
치명적 욕구에 필패한다. 이는 웰스 본인이 속속들이
꿰고 있던 상황이었다. 여기서 웰스가 하려는 이야기를
못 알아차리는 독자는 없겠으나, 그의 필력은 우리
독자로 하여금 상황에 내재한 고뇌를 생생히 체감하게
할 만큼 출중하지 못하다. 윌리엄과 릴리를 등장시킨 단
몇 페이지로 정곡을 찌르는 로런스라야만 이런 주제에
펄떡이는 생명력을 부여할 수 있다. 윌리엄은 동생 폴에
비해 웰스의 주인공들을 훨씬 더 많이 닮은 인물이지만,
로런스는 독자가 그를 걱정하며 조마조마하게 만든다.
로런스가 윌리엄에게서 본 건 어디에나, 누구에게나 있는
것이었기 때문이다.

　작품을 위해서는 잘된 일인데, 윌리엄은 크리스마스를
맞아 〔릴리와〕 본가를 방문했다 곤혹을 치른 후 얼마
지나지 않아 죽고, 모든 걸 정리하는 일이 폴에게
맡겨진다. 작가는 폴을 통해 육체나 영혼에 정확히
얼마나 헌신해야 하는지를 탐문함으로써 『아들과 연인』에
근본적으로 깔린 문제를 다룬다. 나는 지금에 와서야
비로소 작품에 깔린 진짜 문제를 깨달았다. 어떻게 해야
안에서 밖으로, 내면을 외재화하며 자아를 구축할까,
그것이 문제였다.

불쌍한 미리엄—이 역시 전혀 기억하지 못한
내용이었는데—책에서 미리엄은 억울하기 짝이 없는
누명을 쓴다. 미리엄도 진짜 삶을, 자기 자신을 체험하게
될 삶을 절실하게 갈구할 뿐이었는데. 폴과 만났을 때
열여섯 살이었던 그는, 갈색 눈 갈색 머리에 아름다웠고,
종교에 경도되어 있었다. 이전에 살다 간, 또 이후에
살아갈 수백만 여성과 같은 이유에서 그랬다. 지평이
코앞에 붙어 있는 협소한 삶의 추레한 폐소공포에서
구해줄 텍스트 가운데, 허락된 것이라곤 오로지
성서뿐이었으니까. 작가는 미리엄이 처한 상황을 똑똑히
보면서도—주인공인 폴에게 완전히 이입한 나머지—
자기가 의도한 것 이상으로 미리엄에게 공감해줄 여유가
없다. 그래서 우리에게 그를 이런 식으로 그려 보여준다.

[미리엄은] 제 안에 종교를 보물처럼 간직한 채,
콧구멍으로 종교를 호흡하고, 종교의 안개 속에서
인생의 총체를 보는 그런 여자들 같았다. (…)
어마어마한 석양이 서쪽 하늘에서 화려하게 불타오를
때면 온몸을 떨며 뜨겁게 그 풍광을 사랑했다. (…)
눈이 내리면 홀로 처연히 침실에 앉아 있었다. 그에게는
그것이 삶이었다. 나머지 시간에는, 집에서 허드렛일을

했다. (⋯) 다른 성가대 여자들의 상스러움이 괴로워
진저리 치고 천박하게 들리는 목사보의 목소리에
또 진저리 쳤다. (⋯) [그리고] 형제들은 야만적인
양아치들이라 여겼다. (⋯) 돼지나 치는 신세도 싫었다.
배우고 싶었다. (⋯) 글을 읽을 수 있다면, 세상도 그에게
다른 얼굴을 보여주고 그를 더 존중해줄 텐데…….
아름다움—수줍고, 야성적이며, 파르르 떨리도록
민감한 것 고유의 아름다움—도 그에겐 하찮게만
느껴졌다. 심지어 영혼도 (⋯) 충분하지 않았다.
자존감을 높여줄 특별한 무언가가 있어야 했다. 자긴
다른 사람들과 다르다고 느꼈으니까.

미리엄이 느끼는 이 차이의 감각은 작가에게 양면의
동전이다. 폴은 종교적 신심에 움츠러들면서도 교회에서
미리엄을 보자 "내면의 영혼이 꿈틀거렸다". 미리엄이 "훨씬
더 멋지고 훨씬 덜 인간적이게 (⋯) 차마 닿을 수 없는
어떤 존재처럼 보였기" 때문이다.
　미리엄의 내면에서 꿈틀거리며 싹을 틔우려는
우월감을 미심쩍은 태도로 다루는 작가를 지켜보는 건
재미있으면서도 다소 고통스러운 일이다. 똑같은(아니
심지어 훨씬 더 나쁜) 감정의 싹이 미리엄의 형제들—

미리엄과 어머니가 성서로 교화해보려 부단히 노력하는 거칠고 근면한 농군들—에게서 드러날 때는 차분하고 분석적인 태도로 다루기 때문이다. 이 청년들은 "심층의 감정에 닿겠다고 끝없이 호소하는 설교를 지긋지긋해했지만 (…) 효과는 있었다. (…) 평범한 사람들은 깊이가 없다고 느껴졌다. 보잘것없고 생각할 가치도 없었다. 그래서 그들은 (…) 가장 단순한 사회적 교감을 나누는 데도 괴로우리만큼 서툴러 힘들어하면서, 우월감에 젖어 오만방자했다."(미리엄과 매한가지로.) "마음 저변에는 영혼의 친밀감에 대한 갈망이 깔려 있었지만, 그런 친밀감을 얻기에 그들은 너무 어리석었다. 게다가 친밀한 관계를 맺겠다고 누군가에게 다가가려 하면 번번이 주제넘게 남을 경멸하는 마음이 이를 가로막았다. 진정한 친밀감을 원하면서도 정상적인 방식으론 타인에게 가까이 다가갈 수조차 없었다. 첫걸음을 내딛는 행위를 멸시하고 평범한 인간의 상호 교감을 형성하는 사소하고 하찮은 일들을 깔보았기 때문이다."

로런스 본인이 품었던 감정이 이랬다. 조롱과 연민을 번갈아 오가는 감정, 로런스는 일평생 이 감정을 마음에 품었고, 그것이 성장기 주변 사람들은 물론 자기 자신에게도 적용되지 않을까 두려워했다. 작가로서의

목적을 수행하고자 미리엄과 같은 여자들을 사랑하고
증오하고 착취했지만, 마땅히 그들에게 돌아갈 공은
끝끝내 인정하지도 부정하지도 않았다. 대신 폴 모렐로
하여금 이 딜레마를 미칠 듯이 고민하게 만들었다.
그리하여 다음과 같은 구절이 나온다. "미리엄에게 일
얘기를 하면 더할 나위 없이 강렬한 쾌감이 느껴졌다.
일을 논하고 구상할 때면 모든 열정이, 거칠게 뛰는
혈기가, 그와의 교감으로 흘러 들어갔다. 미리엄은 상상을
전면으로 끌어내주었다." 그러나 미리엄의 "치열함은 어떤
감정도 평범의 차원에 머무르게 내버려두질 않았고,
폴은 그것이 거슬려 미칠 것만 같았다. (…) '왜 당신은
소리 내어 웃지를 못하지?' 그가 물었다. '당신은 폭소를
터뜨리지 않아. 딱 맞아떨어지지 않거나 어울리지 않는
걸 볼 때만 웃는데, 그럴 때면 꼭 상처가 있어서 마음이
아픈 사람 같단 말이야. (…) 당신이 웃을 때마다 난 울고
싶어져. 웃음 때문에 당신이 견디는 고통이 도드라지는
것만 같아. 아, 당신은 내 깊은 영혼의 미간이 찌푸러지게
만들어. 당신이랑만 있으면 뒤지게 영적인 인간이 된다고!
(…) 난 영적이고 싶지가 않은데.'" 그리고 자기가 저지른
악행에 괴로워하며 그는 "커다란 검은 눈 속에 벌거벗고
있는 미리엄의 영혼"을 본다. "그도 똑같이 갈망을

호소하고 있었다."

　고작 한 단락 안에서 인물에 대한 판결을 두 번, 세
번씩 뒤집는 작가의 이런 습관은 『아들과 연인』에 뚜렷이
현전한다. 그건 작가가 감정 기복이 심하고 일상적으로
불안한 사람이라는 표징이 되기도 하지만, 복잡한 감정에
휩싸여 내린 결정의 핵심에 어김없이 똬리를 트는 번뇌를
적확하게 짚어내기도 하는 까닭에, 두 번째로—아니
두 번째가 아니라 세 번째로 이 책을 읽었을 때 나를
그야말로 강타해버렸다. 그때쯤엔 나도 나이가 들어서,
돌발적으로 행동했다 당혹스럽고 위태로운 상황에
처하는 경험을 수없이 한 터였다. 나는 첫 결혼식 당일에
하마터면 트럭에 치일 뻔했다. 도로를 건너면서도 여전히
마음속으로 네, 아니요, 네, 아니요 읊조리다가 신호등
불빛이 빨간색으로 바뀌었는데도 걸음을 멈추지 못했기
때문이다. 그래서 스타카토처럼 딱딱 끊어지는 감정적
혼란의 본질을 예리하게 그려내는 로런스의 적확성을
충격적으로 체감할 수 있었다.

　마침내 폴이 미리엄을 설득해 함께 잠자리에 드는
순간이 오자, 아니나 다를까 참사가 벌어진다. 둘은 일주일
내내 성교를 하지만—성교만 할 뿐이다, 사랑을 나누는
게 아니라—그때마다 어김없이 각자의 절망에 빠져 홀로,

더욱더 외롭게 홀로 남겨질 뿐이다. 우리는 미리엄이
뭘 겪고 있는지 모른다. 하지만 폴은 "언제나, 거의
고의적으로 (…) 자기 감정의 짐승 같은 완력에 이끌려
행동했다. 그래서 관계를 자주 할 수 없었고, 하고 나면
언제나 실패와 죽음의 감각이 남았다. 정말로 함께하고자
한다면 자아와 욕망을 한편으로 치워두어야 했다.
미리엄을 갖고자 한다면, 그를 한편으로 치워두어야 했다".

　두 번째로 이 책을 읽었을 때도 나이가 서른에
가까웠는데, 나는 그제야 미리엄이 자기 자신을 보는
관점으로 우리가 그를 보아주는 순간이 단 한 번도
없다는 걸 깨달았다. 처음부터 끝까지, 미리엄은 '타자'로
남는다. 폴이 자기 안의 좌절감과 벌이는 사투에서 끝까지
일개 도구에 그치는 존재다. 폴은 자기가 미리엄한테
원하는 게 뭔지도 모르면서, 그것이 무엇이든 얻어내지
못하고는 못 얻어냈다는 그 사실에만 집중한다. "당신은
사랑하고 싶어하지 않아." 폴은 미리엄에게 패악을 떤다.
"당신은 사랑받는 걸 끊임없이 비정상적으로 갈망하잖아.
(…) 당신은 흡수하고, 또 흡수해, 어딘가 결핍이 있어서
자아를 사랑으로 팽팽하게 채워야만 되는 사람처럼
말이야." 폴의 모친도 미리엄을 정확히 그렇게 생각한다.
거기에도 나름의 이유는 있다. "그 여자앤 보통 여자랑은

달라서, 폴의 마음속에 내가 있을 자리를 남겨두지 못한다. 그 애를 흡수하려고 든다. 그 애를 쪽쪽 뽑아내 남김없이 흡수하려고. (…) 그 애를 끝까지 빨아먹을 것이다." 내가 이 책을 처음 읽었을 때 했던 생각이 딱 그랬다. 그때는 책이란 책에 등장하는 모든 여자를 그렇게 봤다. 오로지 남주인공의 발목을 잡고 쓰러뜨리기 위해 사는 여자들이라고 생각했다. 그땐 남주인공과 나를 동일시했다. 미리엄 또한 폴과 모렐 부인을 발목 잡은 근시안적 편협성에 짓눌려 몸부림 치게 될지도 모른다는 생각까진 가닿을 수가 없었다. 그 생각은 우리가 혼자 힘으로 다다를 수 있는 범위를 넘어 저 멀리에 있었다.

그리고 클래라가 등장한다. 충분한 교육과 경험을 갖춘 1880년대 노동계급 페미니스트로 그 역시 스스로를 '남과 다르다'고 느낀다. 미리엄과 달리 도도하고 속내를 내비치지 않는 클래라는 신비스럽고 흥미롭게 보인다. 그러나 사실 클래라는 기력을 소진시키는 모순들로 똘똘 뭉쳐 있다. 생을 갈망하면서도 자기한테 접근하는 모든 사람을 두려워하고 의심한다. 그럼에도 폴에게 푹 빠진 클래라는 그와 동침한다. 클래라를 사귀면서 폴은 드디어 황홀한 성애의 쾌락을 알게 된다. 폴은 파트너와 함께 침잠한다. 여기 클래라와 함께 누운 침대에서

청소년기부터 계속돼온 단절이—지금 그는 스물세
살이다!—완성되고, 불안정성으로 은은히 빛나는 삶의
복잡성이 경종을 울리며 폴을 사로잡기 시작한다.

마침내 함께 누울 때, 폴과 클래라가 나누는 사랑은
황홀한 희열을 넘어 지축을 뒤흔든다. "그런 밤을 보내고
나서, 둘은 아주 고요해졌다. 어마어마한 격정의 규모를
알아버렸기 때문이다. (…) 어린아이같이 궁금증이
차올랐다. 순수를 잃은 후 낙원에서 밀려나 인간성의
위대한 밤과 위대한 낮을 가로질러 횡단하게 만든 그
장엄한 힘을, 늘 자기들을 휩쓸어 떠밀어가며 내면에서
쉴 수 있게 해준 엄청난 생명의 홍수를 알게 된 아담과
이브처럼 말이다. (…) 그토록 크고 장엄한 힘에 압도되어,
철저히 그 힘과 합치될 수 있다면, 그리하여 자기들이
그저 키 작은 풀잎 하나하나를 들어 올리고 모든 나무와
살아 있는 만물을 들어 올리는 거대한 용기 속 몇 톨의
낟알에 불과함을 깨닫는다면, 그 자아 때문에 안달복달할
이유가 어디 있을까? 살아지는 대로 살도록 그냥 스스로를
놓아버려도 될 터였다. (…) 두 사람이 함께 확보한 증거가
여기 있었다. 아무것도 그 증거를 무화할 수는 없었다.
아무것도 그 증거를 빼앗아갈 수 없었다."

아, 저런, 그게 아닌가?

불과 몇 달, 10페이지 뒤에 나오는 대목이다. "클래라는 이것이 폴을 자신에게 붙잡아둔다는 걸 알고 있었고, 그래서 철저히 정념을 믿고 의지했다. 그러나 정념은" 그의 기대를 배반하기 시작한다. "두 사람이" 함께 대양을 경험했던 때의 "절정에 도달하지 못하는 일이 잦아진 것이다. (…) 서서히 어떤 기계적인 노력이 두 사람의 사랑을 망치게 되었고 (…) 폴이 그저 혼자 달려나가는 듯 보이는 일도 빈번해졌다. 이 관계가 실패였음을, 그들이 원하던 바가 아니었음을 자각하는 일도 잦아졌다." 어느 날 밤, "폴은 클래라를 두고 나오면서, 그날 밤 두 사람 사이에 작은 균열이 생겨버렸다는 걸 알았다. 둘의 사랑은 경이롭고 화려한 빛을 잃고 자꾸만 기계적으로 변해갔다". 1년도 못 되어 두 사람은 헤어진다.

위 대목과 같은 글들이 이 작품의 현대성을 표식한다. 현대성은 모든 작가를 떼밀어 각자가 발견하는바 인간의 영혼을 잠식하는 질병의 '전모'를 지면에 낱낱이 기록하게 만든다. 슬픔과 무질서뿐 아니라 가학성, 소외, 정념의 찰나성까지. 이제 나는 『아들과 연인』이 출간되었을 시점엔—당시 스물일곱 살이었던—작가도 정념의 찰나성을 알았을 거라 생각한다. 그러나 이 통찰만으로는 그가 보았던 또 다른 진실의 압박에 맞서 버틸 수 없었다.

로런스가 작가로서 평생에 걸쳐 집착하게 될 이 또 다른 통찰은, 부르주아 사회의 요구에 순응해 감각의 경험을 박탈당하는 것이야말로 우리가 생에 대해 저지르는 죄악이라는 것이다.

이 문제에 있어 로런스가 H. G. 웰스나 조지 메러디스보다 뭘 더 많이 아는 건 아니다. 다들 성인이 된 작가이니 말이다. 다만 로런스의 차별점이라면, 그런 작가들이 알고 있었으나 차마 직접 다루지 못했던 문제를 까발려 터놓고 말하겠다는 다급한 마음뿐이다. 그는 흡사 온건한 노예제 반대론자들 가운데 자리한 노예제 폐지론자와 같았다. 그래, 노예제는 끔찍하지, 하지만 시간이 가면 저절로 사그라져 없어질 거야, 참을성 있게 기다려, 모두가 그럴 때 폐지론자는 씨발, 다 집어치워, 지금 아니면 기회는 영영 없어, 라고 외치며 전쟁에 뛰어든다.

사실이 그러했다. 영혼을 기형으로 일그러뜨리는 대상을 앞에 두고 기분 나빠하면서도 침착하게 대처한다는 건 어중이떠중이의 도덕률이다. 격렬한 분노로 맞서 싸우는 것이야말로 혁명적 변화를 이끌어낼 길이다. 문학에서는 동정심이나 신중함이나 애매한 우회적 표현 없이 천성과 자연에 대한 죄를 명명하는 일이 그 실천이다. W. H.

오든이 그러했듯, 모호한 어휘는 일절 쓰지 않고 "사람들로 하여금 직접 보고 들을 때의 충격보다 간접 경험을 선호하게 만드는 나태 혹은 두려움"을 단호히 거부하는 일 말이다.

세 번째로 『아들과 연인』을 읽었을 때는 ─ 어느새 1970년대 초반이었다 ─ 두 번째 남편과 이혼 절차를 밟고 있었다. 주위 모든 사람이, 친구도 친척도 심지어 이웃들까지 거리낌 없이 내게 소리쳤다. "도대체 왜 이러는 데? 원하는 게 대체 뭐야?" 내가 들어도 내 대답은 설득력이 떨어졌다. 나는 대관절 왜 그를 떠났던 걸까? 어쨌든 사랑하지도 않는 남자랑 결혼한 것도 아니었고, 일과 결혼 중 하나를 선택하라는 강요를 받지도 않았으며, 성생활도 나쁘지 않았다. 다만 그 시절 절박한 소명감을 느끼고 있던 과업을 새롭고 더 거침없는 관점으로 바라보라고 시대가 나를 추동하고 있었다. 어쩐지, 또 한 번 모렐 가의 심란한 삶에 몰두하는 독서가 내 앞에 놓인 과업과 긴밀히 연결되어 있다는 느낌이 들었다.

처음 한 결혼도 아니었다. 두 번이나 했다! 내가 젊었을 적에는, 독신 여자라면 자연스럽지 못하고 바람직하지 못하고 어쩌고저쩌고 아무튼 온갖 못한 것투성이로 낙인찍혔다. 하지만 결혼만 했다 하면 나는 부부의

반쪽으로만 보이는 걸 기피했다. 실제로 누가 "부인"이라고
부르기라도 하면 몸이 움찔거렸다. 시가 사람들이
그럭저럭 괜찮았어도, 가정생활 자체에 지독한 권태를
느꼈다. 그중에서도 최악이었던 건 집에서 남편과 단둘이
보내는 아늑한 저녁 시간으로, 그러고 있으면 산 채로
매장당하는 기분이 들었다. 사태의 핵심은 단순명백했다.
기혼으로 살고 싶지 않았다는 것. 나는 로런스의 위대한
소설을 한 장 한 장 점자 짚듯 읽어나가며, 책이
독자들에게 고취하는 바 그대로 나도 이 감정적 맹안盲眼
상태에서 자유로워지길 소망했다.

　『아들과 연인』을 출간하고 7년이 못 되어 로런스는
명실공히 걸작으로 인정받는 소설 두 편을 펴냈다.
『무지개*The Rainbow*』와 『사랑에 빠진 여자들*Women in
Love*』이었다. 로런스는 그 책들을 쓰기 시작하면서 이번엔
모렐 가 사람들을 다룬 방식으로 쓰지 않겠다고, 그렇게
노골적이고 투명하겐 쓰지 않겠노라고 공언했다. 아니,
이번에는 의미가 농축된 책을 쓰겠다고, 야성적인 대작,
가히 신화적인 책을 쓰겠다고 말했다. 그리고 말한 대로
해냈다. 두 책에서 로런스는 억압된 감정이라는 죄악을
절묘하게 간파한다. 여기서 찬란히 빛나는 그의 천재성은
과연 독보적이다. 허나 그의 내면에는 관능의 자유라는

영원한 선善을 믿고 싶어하는 마음이 아직 남아 있었으니, 작가가 여전히 혼돈에 빠져 허우적거리고 있다는 걸 몰라볼 사람은 아무도 없다. 두 소설의 필치는 고열에 달떠 있는데, 그건 작가도 자기가 진실이라 주장하는 바가 실제로는 진실이 아닐지 모른다는 의혹을 품고 있기 때문이다.

로런스는 서구 문화가 내면의 번뇌를 공식적으로 인정하기 직전이었던 프로이트의 세기 초반에 글을 썼다. 관능성의 억압이라는 그의 은유는 실제로 모더니즘이 인간 의식이라는 가보지 않은 땅의 관문을 열어젖힐 때 쐐기로 활용되었다. 로런스가 지금 살아 있다면 이 은유는 아무 쓸모도 없었으리라. 요즘 사람들은 저마다 과거엔 허락되지 않았던 성적 자유를 오랫동안 누려온 경험이 있고, 내면을 외현한 자아를 형성하려면 감각만으로는 부족하다는 것도 경험으로 터득했으니. 성애의 황홀감은 기대를 배신하기 일쑤고, 행여 황홀경이 찾아온다 해도 그걸로 뭘 어떻게 해야 할지 알려면 이미 완성된 자아가 있어야만 한다.

그러나 우리 모두가 그 통찰에 이르기까지는 50년이란 세월이 더 필요했다. 그때까진―어떤 결과를 감수하고서라도, 어떤 대가를 치르고라도―'위대한

정념'의 체험으로 삶을 빚어내고 싶다는 갈망이 화려하고
장대한 규모로 삶을 살아내길 열망했던 우리 세대의
상상력을 사로잡았다. 더구나 그 이상理想은 나같이
고고하고 문학적인 젊은 여자들한테 특별한 무게로
다가왔고, 우리는 누구보다 더 간절하고 절실하게 그
열망을 품었다.

둘

나는 20대 중반에 — 관능적 경험으로 치면
여전히 초심자였을 때 — 학교 친구 여러 명과 함께
시도니가브리엘 콜레트*에 정신없이 빠져들었고, 우리는
몇 년 동안이나 위대한 스승 앞에 외경심을 품고 선
학생들처럼 열렬히 몰입해 그 책들을 읽었다. 말하자면,
우린 우리가 누구인지 더 잘 알기 위해, 제약투성이인
조건 속에서 우리가 앞으로 어떻게 살아가게 될지 알기
위해 콜레트를 읽었다. 물론 그 조건이란 우리가 여자라는
것이었고 — 다른 조건이 동등하다면 — 사랑(갓난아기
때부터 귀에 못이 박히게 들어온 이야기)이야말로 우리가

* Sidonie-Gabrielle Colette, 1873~1954. 프랑스의 소설가, 대필 작가,
언론인, 각본가, 극작가, 배우. 아카데미 공쿠르의 두 번째 여성 회원이며
1948년 노벨문학상 후보에 올랐다.

삶과 제대로 한판 대결을 펼쳐볼 만한 전장이었다. 살아 있는 작가 중에 우리 상황을 콜레트만큼 이해하는 이는 아무도 없는 듯 보였다. 아니, 그 근처에 가닿은 사람도 없었다. 그의 작품에서 우리는 현재 우리 모습보다는 높은 확률로 미래에 우리가 될 모습을 보았다. 콜레트 소설이 엄청난 설득력을 지닌 건 자아 인식의 잠재성 때문이었다. 그 잠재성은 우리가 그때까지 보아온 어떤 무엇과도 비교할 수 없는, 가히 까마득한 심도의 이해를 타진했다. 콜레트는 "완전히 사로잡혀버린" 여자의 내면에서 실제로 무슨 일이 일어나는지를 전부 아는 듯했다. 그의 지혜가 우리 눈을 책장에 못 박았고, 산만하게 흩어져 달아나는 주의력을 한데 모았으며, 『사랑에 빠진 여자*A Woman in Love*』를 『전쟁과 평화*War and Peace*』나 『신을 찾아서*The Search for God*』만큼이나 중차대한 현대소설의 문제작으로 등극시켰다. 1950년대에는 콜레트에 빠져 책을 읽다 보면 마음속 시끄러운 소리들이 잦아들었다. 그리고 그 중심으로, 거대한 고요가 뭉쳐 응결되기 시작했다. 인간 조건으로 침투할 진입로가 이제 막 뚫리려 하고 있었다.

　물론 『셰리*Cheri*』와 『셰리의 최후*The Last of Chéri*』—나이 들어가는 고급 창부와 공허한 마음을 부여안은 젊은 애인의 이야기를 다룬 연작—가 콜레트의 쌍둥이

걸작이다. 그러나 내게 각인된 두 권의 책은 『방랑하는 여인*The Vegabond*』과 『족쇄*The Shackle*』였다. 여기서 콜레트는 서른세 살 여자의 (벌거벗은 자전적) 목소리로 '여자의 조건'을 극화했다. 성 경험이 있으며 독립적인 이 이혼녀(이 정체성만으로도 그는 짜릿하게 설레었다)는 당분간 유랑극단에 속해 여행하는 무대 연기자로 지내고 있지만, 내면적으로는 심오한 혼란에 빠져 갈피를 잡지 못한다. 왜 그럴까? 자립해 일하는 여자가 되어야 할지 사랑에 몸 바친 여자가 되어야 할지 몰라 번민하기 때문이다. 우리는 이 화자한테서 화려한 고독을 발견했다. 우리 환상 속 현대 여성의 표상은 불행한 결혼의 절망을 떨쳐버릴 수 있으나, 관습에서 벗어나 자유를 찾음으로써 또 다른 종류의 절망이 잠재적으로 따라온다는 사실을 깨닫고 만다. 이 절망은 콜레트의 손에서 치열하게 낭만화됐다.

몇 년 동안이나 나는 『방랑하는 여인』에 나오는 다음 대목을 달달 외우고 있었다.

그럼 나를 봐요, 내 모습 그대로! 오늘 밤 나는 긴 거울 속에서의 만남을 피하지 못할 테지요. 내가 백 번도 넘게 회피하고, 받아들이고, 도망치고, 다시 시작했다가 끝내 말을 흐리고 끝맺지 못한 독백을 해야겠죠. 아아,

벌써부터, 주제를 돌리려 해봤자 소용없다는 느낌이
드네요. 오늘 밤에는 잠도 안 올 거고, 책의 주문도 (…)
심지어 책의 주문도 내가 나 자신을 잊고 딴 데 정신을
팔게 해주지 않을 거예요.

그러니 날 봐요, 내 모습 그대로! 혼자, 혼자일 거예요,
남은 평생, 틀림없어요.

혼자! 사람들은 정말로 내가 나 자신을 불쌍하게
여긴다고 생각하겠죠!

친구가 말해요. 혼자 산다면, 그건 정말 네가 원해서인
거야, 그렇지?

그럼요, 나는 '정말' 원해요, 실제로 '내가' 원해요, 아주
단순한 거예요. 다만, 글쎄요…… 나 같은 나이가 되면,
고독이 어지러운 와인처럼 나를 자유에 취하게 만드는
날들이 있는가 하면, 벽에 머리를 쿵쿵 찧고 싶게
만드는 독이 되는 날들도 있는 법이죠.

스물세 살의 나는 그 드라마에 얼마나 공명했던가.
그 각본의 순수한 시성詩性이라니! 『방랑하는 여인』과
『족쇄』에 등장하는 경이로우리만치 직설적인 화자
르네 네레는 균열된 정체성이 곧 존재의 핵심을 이루는
여자였다. 여러 권의 책을 썼고, 폭군 같은 남편과

이혼했고, 무대에 올랐지만, 새로 찾은 독립성을 움켜쥔
그의 손은 투명하게 흔들렸다. 일례로 르네가 글쓰기와
맺었던 희한한 관계를 살펴보자. 책 두 권을 내고도,
글쓰기는 도피 행위다. 왜 그럴까? 아주 간단하다, 충동이
충분히 강렬하지 않기 때문이다.

이따금 나는 여름의 갈증처럼 날카로운 욕구를 느껴요.
메모를 하고 묘사해야만 할 것 같아요. (…) 그 공격은
오래 지속되지 않아요. 그건 그저 오래된 흉터의
간지러움 같은 것일 뿐이죠. 글쓰기는 시간을 너무 많이
잡아먹어요. 그리고 문제는, 내가 발자크 같은 작가도
아니라는 거예요! 내가 짓고 있는 그 허약한 이야기는
잡상인이 초인종을 누르거나 제화공이 청구서를
보내거나 변호사나 자문인이 전화를 걸거나 연극
에이전트가 나를 사무실로 부르면 맥없이 바스러져
허물어져요.

이 또한 친구들과 내가 너무나도 잘 아는
상황이었다…… 그리고 나는 그 후로도 몇 년간 그런
상황을 계속해서 '알아야' 했다.
'자유'를 절실히 갈망하고 그걸 일과 연결 짓고

있는데도, 르네의 결심은 사랑을 갈구하는 모순된 욕망으로 인해 거듭거듭 꺾이고 만다. 아무리 고군분투해도 여자는 언제나 독립을 향한 열망과 정념을 향한 더 큰 갈망 사이에서 갈등할 수밖에 없다고, 콜레트는 말한다. 이것이 르네의 진짜 관심을 좌우하는 딜레마다. 사랑이 왔고, 사랑이 떠났다. 르네는 사랑의 기쁨과 고통을 속속들이 알고 있다. 그리고 같은 고민을 끝없이 되풀이한다. 만일 다시 사랑이 온다면, 그 세이렌의 노래에 항복해야 할까, 아니면 유혹을 물리쳐야 할까? 그는 욕망에 수반되는 감정적 노예 상태를 생각한다. 그 갈망, 그 불안, 그 속에 잠재적으로 도사린 수치. 그러나 유혹은 강력하다. 내면의 전쟁은 일탈의 흥분을 제공한다.

　사랑에 저항해야 할지 말지를 두고 벌어지는 내면의 논쟁은 르네 네레가 화자인 두 편의 소설에서 두드러지게 지속되는 화두다. 『방랑하는 여인』에서 르네는 사랑을 뿌리치지만 『족쇄』에서는 사랑에 속절없이 굴복하고 만다. 첫 소설은 우리의 욕망을 채워주었고 두 번째 소설은 우리에게 충격을 안겼지만, 어찌 되었든 우리는 거기에 매료됐다. 그 매혹은 콜레트의 손에 의해 관능적 집착에 부여된 의미였다. 물론 그때 우린 다들 그걸 사랑이라고 불렀다. 이 책들에서 대문자 L로 표기된 '사랑Love'은 여자의 삶에서 영예인 만큼이나 절망이기도 했다. 그 영예와 절망을 동시에 경험한다는 건(대체 우리가 무슨 생각을 하고 있었는지 모르겠다!) 초절超絶을 획득한다는 의미였다. "이 괴로운 번민을 처음부터 또다시 해야 한다니, 넌 도대체 날 어디로 밀어 던진 거니." 르네는 새로운 연인을 소개해준 친구에게 외친다. "하지만 이 번민을," 그는 경건하게 덧붙인다. "세상에서 가장 큰 기쁨을 준대도 그것과 바꾸지 않을 거야." 이렇게 사랑이라는 신성한 낙인을 거쳐야만 콜레트의 고유한 관찰력이 벼려진다.

반세기 만에 이 책들을 다시 읽는 경험은 불편하고 심란했다. 전혀 예상치 못한 사태였다. 이전과 달라진 느낌이 기분 나쁘게 입안에 감돌았다. 이번에는 읽을수록 자꾸만 이런 생각이 들었다. 콜레트는 르네—병적으로 불안하고 끝없이 환상에 빠지며 지독히도 우울하게 노화에 집착하는 여자—를 기막히게 생생하게 그려내는구나. 그런데 이 상황은 얄팍하게만 느껴지네. 르네의 성찰은 항상, 오로지, 아무것도 모르는 자아로만 거듭 귀결된다. 그리고 작품에서 여실히 드러나는바, 사유하는 작가라고 해서 인물들보다 더 많은 걸 알지도 못한다.

무엇보다 충격적이었던 건—기실 이것이 이 소설들을

대하는 내 감정이 유일하게, 또 가장 많이 변화한
지점인데―이번에 다시 읽으니 모든 일이 진공상태에서
일어나는 것처럼 느껴졌다는 점이다. 예전에 콜레트를
읽었을 때는, 내가 화자의 지혜라고 믿었던 바를 축으로
세계 전체가 돌아가는 것만 같았다. 이제 보니 그 지혜는
편협하고 제한적인 것이었다. 사건에서 어떤 통찰을
얻는다 해도 그 기원에 있는 것이라곤 허영심뿐이었다.
르네는 자기가 연인들을 도구로 써먹는단 사실은 보지
못하면서, 그들에게 자신이 어떤 실체성도 갖지 못한다는
사실은 어김없이 알아차리고 그 즉시 머릿속으로
애인들을 비난해버린다. 하지만 스스로 보지 못할 뿐, 그가
비난하는 감정의 피상성이란 사실 자기 내면에 있다.
　"어떻게 그 남자는, 나를 사랑한다면서," 르네는
『방랑하는 여인』에서 연인 막스를 생각한다.

　나에 대해 아는 게 하나도 없으면서 전혀 마음이
　쓰이지 않는 걸까? 그런 생각은 해본 적도 없는 게
　틀림없어. (…) 내가 어떤 사람인지 알고 싶어하는
　마음 한 조각 비치는 일 없고, 나한테 질문을 하거나
　내 성격을 읽어보려 하지도 않아. 그리고 내가 하는
　말보다 내 머리카락에 어린 빛의 유희에 더 눈길을

주더라. (…) 그게 다 얼마나 이상한 일이야! 저렇게 나랑 바짝 붙어 앉아 있으면서도 (…) 그는 거기 없어, 수천수만 리 거리에 있다고! 벌떡 일어나서 "당신은 여기 왜 있는 거야? 가 버려!" 그래버리고 싶은 마음이 자꾸만 든다니까. 하지만 당연히 그런 짓을 하진 않지. 생각이 있나? 책을 읽기는 하나? 일을 하나? 틀림없이 세상만사에 관심은 있지만 절대 아무 일도 하지 않는 유의 인간일 거야. 위트라곤 기미도 찾아볼 수 없고, 이해력은 빠르다 싶은 정도, 아름답고 풍성한 목소릿발로 증폭되는 아주 적절한 어휘력, 많은 남자가 그렇듯이 어린애처럼 명랑하게 참 잘도 웃는 남자, 내 애인은 그런 남자야.

『족쇄』에서 르네는 나이를 네 살 더 먹었고, 이제 무대에서 은퇴했으며, 그때보다도 더 불행한 일을 숱하게 겪었고, 심지어 더 엉망진창이 됐다. 그러니 달리 무슨 일을 할 수 있을까, 장과의 정사에 빠져드는 수밖에. 르네는 장을 맥스만큼이나 상세하게 묘사할 수 있지만, 이번에는 그 연관성이 노골적으로 성적이면서, 불가피하게 교훈적이다. "우리의 정직한 육신은 상호적인 기쁨의 전율에 서로 달라붙었고 다음에 접촉할 때면 그 감각을 기억해냈으나, 영혼은 하나같이 부정직하고도 편리한 침묵의 장벽 뒤로 물러날 터였다. (…) 우리는 이미 배워서 알고 있었다. 포옹은 합일의 환상을 주지만 침묵은 함께 평화를 이루었다는 믿음을 준다는 걸." 그러나 성적 매혹이라는 안개가 걷히면, 얼굴을 맞대고 함께 누운 두 사람은 옷을 벗어던지기 전과 똑같은 타인이 된다. 그리고 처음으로 르네는 생각에 젖는다. "나는 이 연인을 모욕했다. (…) 내 몸을 주고 그것으로 충분하다고 생각해 버렸으니까. 그는 모욕을 돌려주었고 (…) 성행위에서는 아무것도 교환되지 않기에 (…) 침묵과 성행위로 시작된 우리 사랑은 성행위와 침묵으로 끝나고 있었다."

이 대목에서 콜레트는 (놀랍게도, 무시무시하게도) 자기가 타인의 욕망에 불을 붙이는 촉매일 뿐이라고 믿는 사람들이 어김없이 걸리는 질병, 즉 정념에의 집착이 낳는 불안을 펼쳐 보인다. 이 불안을 콜레트는 속속들이 알고 있었고—그 드높은 명성의 핵심에는 아무에게도 마음을 주지 않는 경계심이 놓여 있었다—강박적으로 노화에 집착하는 화자의 심리적 근원도 명확히 알고 있었다.

『방랑하는 여인』의 초반 몇 페이지에서 르네는 거울을 무자비하게 응시한다. 서른세 살의 그는 그토록 두려워하던 노화에 이미 잠식당하고 있다. 소설의

결말에서 맥스는 마침내 평생의 안정을 약속하며
프러포즈를 하지만, 르네는 이유를 설명하는 편지를 써서
관계를 끝낸다. 세계 소설사에서도 비교할 대상을 찾기
어려운, 독보적인 이별 편지다.

난 이제 젊은 여자가 아니야. [몇 년 후의] 나를
상상해봐. 여전히 아름답겠지만 코르셋과 가운, 화장과
분칠이라는 갑옷을 벗으면 미칠 듯 겁에 질려 있겠지.
활짝 피었지만 사람 손길이 닿으면 안 되는 장미 같은
아름다움일 거야. 네 눈길이 스치듯 젊은 여자에게
머무르기만 해도 헤프게 웃다 패인 내 뺨의 서글픈
주름이 한층 길어지겠지만, 네 품에서 행복한 밤을
보낸다 한들 또 그만큼 시들어갈 내 미모는 더 값비싼
대가를 치러야 할 거야. (…) 이 편지에 빠져 있는
내용은 (…) 내가 너한테서 숨기는 모든 생각들, 너무나
오래 내 마음에 독을 퍼뜨려온 생각들이지. (…) 아!
너는 정말 얼마나 젊은지. 너한텐 지옥이라고 해봤자
기껏 욕망하는 걸 차지하지 못하는 정도일 뿐이잖아.
평생 참고 사는 사람도 많은데. 하지만 사랑하는
걸 갖고 있으면서도 매분 매초 하나밖에 없는 자기
보물이 해체되고 녹아내려 손가락 사이로 사금처럼

빠져나가는 느낌을 받는다면 어떻겠니! 그런데도 손을
펼쳐 그 보물을 놓아버릴 용기가 없어서 오히려 더 세게
움켜쥐고 울부짖으며 애원하고 매달려야 한다면 (…)
어떻겠어? 움푹한 손바닥에 소중한 금의 흔적이 남을까.

　콜레트가 아니면 누가 오로지 여자만을 위해 따로
마련된 지옥을 들여다보는 이 초상을 ― 아연판에
산으로 ― 에칭해낼 수 있었을까. 그리고 콜레트가 아니면
누가 그 초상을 풀어내는 데 그토록 철저히 실패할
수 있었을까. 나는 어느새 그에게 따져 묻고 있었다.
어째서, 어째서 당신은 더 큰 의미를 보지 못한 걸까?
나는 당신한테서 낭만적 집착에 사로잡힌 지적인 여자가
되는 것의 유일무이한 느낌을 알게 되었고, 그건 강렬한
소재였다. 그러나 오늘날 성적인 열정은 그 자체만
가지곤 단지 하나의 상황일 뿐, 은유가 되지 못한다. 혼자
시작되고 끝나는 이야기일 뿐 아무 의미도 담을 수 없게
되었단 얘기다. 이렇게 생각해보자. 요즘 세상에 어떤
여자가 젊은 날의 나처럼 콜레트를 읽을 수 있을까? 이
질문 자체가 답이다.
　한 번, 딱 한 번 콜레트는 에로틱한 사랑을 목적이 아닌
수단으로 활용하는 데 근접한다. 그건 참 이상하게도,

셰리라는 독보적인 중성적 캐릭터를 통해서였다. 『셰리』
연작을 다시 읽어보니, 셰리야말로 내가 콜레트의 모든
글에서 표면 아래 도사리고 있던 게 아닐까 의심하게 된,
바로 그 불변의 서브텍스트를 표상하는 인물로 보였다.

이야기는 단순하기 그지없다. 장소는 파리이고 시대는
20세기 초엽이다. 49세에 은퇴한 고급 창부인 부유하고
아름다운 레아는 스물다섯 살의 소년-남자 셰리와 동거
중이다. 레아의 부는 전부 오랜 세월 고급 창부로 일하며
미증유의 성공을 거두기까지 그가 정부 노릇을 해주었던
남자들의 주머니에서 나왔다. 그가 아는 세상이라곤
자기 같은 여자들의 세상뿐이다. 다른 사회의 문은 모두
닫혀 있었기에 그들만의 사회에 갇혀버린 것이다. 셰리는
이렇게 늙어가는 어느 고급 창부의 아름답고 성미 급하고
정서적으로 미숙한 아들로, 모친과 마찬가지로 허영심
많고 관능적인 물질 숭배자다. 셰리가 열아홉, 레아가
마흔세 살일 때 두 사람은 서로에게 불처럼 타오르는 성적
욕망을 느꼈고, 레아는 셰리를 집으로 들여 함께 살기로
했다. 그 시절 두 사람은 모든 면에서 똑 맞아떨어지는
천생연분이었다. 둘에게, 즉자적 욕망 너머의 세상은
존재하지 않았다.

그러나 이야기가 시작될 때 셰리는―레아와 동거한 지

6년째였다 — 어마어마한 부자인 모친의 친구(역시 은퇴한 고급 창부다) 딸과 정략결혼을 하려 한다. 따라서 셰리와 레아는 계약을 파기하게 된다. 셰리는 레아에게 이해해 달라고 간청한다. 같이 사는 건 너무나도 좋지만 평생 당신의 섹스토이로 남을 수는 없다고. 물론 레아도 이를 승낙한다. 가, 너는 가야 해.

셰리는 결혼하고, 두 사람 다 차마 상상도 못 했던 슬픔과 고통에 빠진다. 기실 그들은 쓸쓸하게 텅 빈 각자의 삶에서 처음으로, 단 한 번의 사랑을 했던 것이다. 1년간의 이별 끝에 셰리는 한밤중에 레아의 침실에 나타나 당신 없이는 살 수 없다고 고백한다. 그들은 서로의 품에 뛰어들어 열정적으로 사랑을 나눈다…… 그리고 새벽이 온다. 레아가 행복하게 예전과 같은 삶을 꿈꾸는 사이 셰리는 불현듯 자기가 늙은 여자와 한 침대에 있다는 걸 깨닫는다. 그리고 레아도 셰리의 깨달음을 알아차린다. 이어지는 20페이지는 비상하리만큼 탁월하다. 속도는 문학적으로 완벽하다. 소설은 서로 영영 헤어져야 한다는 사실을 두 사람이 함께 깨닫는 어느 아침의 시간을 추적한다.

5년의 세월이 흐르고 그사이 제1차 세계대전이 발발하자 둘의 냉소적 순수를 지켜주던 세계는 잿더미로

화한다. 뜻밖에도 이제 레아는 배경으로 물러서고, 셰리가 무대 앞 중앙으로 나선다. 셰리는 빈껍데기가 되어 참호에서 돌아온다. 걸어다니는 망자다. 아무것도 그 누구도 셰리의 내면에 감정의 불씨를 되살리지 못할뿐더러 찰나의 주의조차 붙들지 못한다. 옛날에 탐닉하던 자동차, 옷가지, 여자들도 이젠 그에게 아무 매력이 없다. 아내와 함께 살지만, 시선은 그를 투명인간처럼 투과한다. 이제 셰리는 와인을 마시지 않고 물만 마신다. 매일 옷을 차려입고 아침을 먹고 어딘가 갈 곳이 있는 사람처럼 집을 나서지만, 도시의 거리를 황황히 표류할 뿐이다. 결국 그는 아편중독자가 되고, 얼마 지나지 않아 자살해버린다.

셰리의 눈에 담긴 공허의 배후에는 깊디깊은 감정의 단절이 도사리고 있는데, 콜레트가 묘사한바, 그것은 갑자기 충격적일 만큼 오래된 것처럼 보인다. 아니, 오래된 정도가 아니라 까마득한 옛날부터 이미 그 자리에 있었던 것 같다. 셰리뿐 아니라 인류가 탄생했을 때부터 그 자리에 있던 것이 전쟁을 거치며 뚜렷하게 모습을 드러내기라도 한 것처럼. 다시 30년이 흐르고 또 한 번의 세계대전이 휩쓸고 지나가면 그는 카뮈의 이방인으로 변신할 것이다. 그러나 일단 1922년에는 셰리가 실존의 시대의 표징이다.

『방랑하는 여인』이 1910년에 출간되었을 때 앙드레
지드는 콜레트에게 완벽한 책이라고 언명하며 화려한
찬사의 편지를 보냈다. 그 후로 40년간 콜레트의
작품은 유럽과 미 대륙 전역에서, 문단의 온갖 선도적
관점으로부터, 똑같이 열렬한 반응을 이끌어냈다.
콜레트가 그토록 사랑받은 이유는 프랑스어를 자유자재로
구사하는 거장의 필력 때문만은 아니었다. 그의 책들은
저자가 이전에 명명된 적 없는 어떤 인간 본성의 근본적
불변성을 호명하고 있다고 독자를 설득했다. 어느
정도까지는 실제로 그러했다. 하지만 지금, 21세기에
들어선 지도 한참이 지난 시점에, 나 같은 독자들은
작가가 자기 작품에서 핵심적으로 다루었던 질병의
정체를 정확히 파악하지 못했다는 느낌을 받는다. 이제
와 『셰리』 연작을 다시 읽으니 셰리 내면의 아노미
상태가 콜레트의 관심사 중에서도 핵심에 자리하고
있었음을 알겠다. 아노미 상태가 대문자 L로 쓰는 사랑, 그
치열함의 배후에 도사리고 있다. 아노미 상태가 콜레트의
인물들이 하나같이 자진해서 에로티시즘에 파묻히는
이유다. 관능적 감정과의 관계가 모든 것을 덮어버리다
못해 급기야 작가로 하여금 오르가슴의 전율에 "작은
죽음"이라는 꼬리표를 달게 만드는 것도 바로 이 아노미

상태다.

아노미와 욕망. 이전으로는 적어도 『위험한 관계Les Liasons Dangereuses』가 출간된 1792년까지 거슬러 올라가고 이후로는 20세기 중반 마르그리트 뒤라스의 작품들에서까지 다뤄지는 프랑스 문학의 전문 분야다. 하긴, 뒤라스의 작품이 자기소외와 밀접하게 연관된 욕망의 진행형 연구가 아니라면 또 무엇일까? 그러나 한 가지 중요하고도 복잡한 문제가 생겨난다. 뒤라스는 프로이트의 세기로 접어들 때까지 한창 글을 쓰고 있었기 때문에, 사악하게 일그러져버린 가족 로맨스 속으로 그 감정적 단절의 기원을 추적해가지 않을 수 없었다.

셋

내 삶은 아주 일찍부터 너무 늦어버렸다. 열여덟에 이미
되돌릴 수 없이 늦어버렸다. 열여덟 살에서 스물다섯
살까지 내 얼굴은 전혀 새로운 방향으로 변해갔다.
나는 열여덟에 늙어버렸다. (…) 그러나 절망에 빠지는
대신 나는 이 과정을 (…) 흥미롭게 (…) 지켜보았다.
(…) 열일곱에 알던 사람들은, 2년 후 프랑스에 갔을 때
열아홉 살이 된 나를 보고 놀랐다. 그 후로는 그 얼굴
그대로 변치 않았다. 그때 내가 갖게 된 얼굴. 그것이
줄곧 내 얼굴이었다. (…) 윤곽은 변함없이 그대로였지만
본질은 쓸모없이 소모되었다. 나는 쓸모없이 소모된
얼굴을 하고 있다.

뒤라스의 소설 『연인』의 화자는 셰리가 툭하면 아편을

피우다 끝내 자살로 생을 마감한 파리의 아파트에서
얼마든지 그를 조우할 수 있었으리라. 두 사람은 같은
부류의 인간이다. 그러나 나는 이 사실을 끝끝내 이해하지
못했을 수도 있다. 나이를 먹을 만큼 먹은 후에 콜레트를
먼저 읽고, 오로지 긴 세월 살아서만 얻을 수 있는 통찰을
디녀 뒤라스까지 읽지 않았더라면 말이다.

여덟 살 때 엄마는 내가 친구 생일파티에 입고 가려고
간절히 벼르던 드레스를 한 조각 잘라냈다. 가위를 집어
들더니 내 심장을 덮었을 부분을 오려내고는 어차피
너한테 심장이라는 게 있기나 하니, 라고 말했다. "너
때문에 못 살겠다." 내가 말을 고분고분 듣지 않거나
어차피 내놓을 수 없는 해명을 요구하거나 다른 주기 싫은
걸 달라고 조르면 엄만 항상 눈을 질끈 감고 주먹을 불끈
쥔 채 울부짖었다. "당장 바닥에 자빠져 죽어버릴까보다."
그날 엄마는 악을 악을 썼다. "매정한 것 같으니라고."
굳이 말할 필요도 없지만, 나는 파티에 가지 않았다. 대신
일주일 내내 울었고, 50년 동안 그날 일을 서러워했다.

"어떻게 어린애한테 그럴 수가 있어?" 훗날 내가 물었다.
열여덟 살 때 한 번, 서른이 되었을 때 다시 한 번,
마흔여덟 살에 또 한 번.

이상한 일이지만, 내가 그 이야길 꺼낼 때마다 엄만

"그런 일 절대 없었다"라고 말하곤 했다. 그러면 나는 엄마를 노려보았다. 나는 매번 더욱더 짙은 경멸을 띠는 눈빛으로, 앞으로도 우리 둘 중 한 명이 죽을 때까지는 내 유년기에 해를 끼친 이 죄과를 계속 들추겠다는 의사표시를 뚜렷이 했다.

세월이 흐르는 동안 나는 시시때때로 그날의 드레스 절단 사건을 꺼냈고, 엄만 그때마다 그런 일은 없었다고 부인했다. 우리는 계속 그렇게 지냈다. 나는 엄마의 말을 안 믿었고, 믿지 않았고, 절대 믿지 않았다. 그러나 그러다 어느 날 갑자기, 문득 믿게 되었다. 50대 후반에 접어들던 어느 추운 봄날 오후, 엄마를 만나러 가던 길이었다. 뉴욕 23번가를 따라 도시를 횡단하는 버스에서 하차해 발을 인도에 딛는 순간, 나는 반세기도 더 지난 그 옛날 그날에 정확히 무슨 일이 있었는지를, 실상은 내가 기억하는 것과 전혀 다르다는 사실을, 불현듯 깨달았다.

맙소사, 손바닥으로 이마를 짚고 생각했다, 나란 인간은 있지도 않았던 억울한 일을 꾸며내려고 세상에 태어난 건가 봐. 하지만 대체 무슨 이유에서? 게다가 그 억하심정에 목숨을 걸고 집착하기까지 하고. 그건 또 무슨 이유로? 이마에서 손을 떼고는, 혼잣말처럼 읊조렸다. 이 나이를 먹고도 여전히 제대로 아는 게 이렇게나 없어서야.

"나는 우리 가족들에 대해 아주 많이 썼다." 뒤라스는
『연인』 초반부에 말한다. "그러나 우리 어머니와 내
남자 형제들, 그들은 아직 살아 있었다. 그래서 에둘러
다루었다, 정면으로 공략하지 않고 에둘러 그 모든 일을
다루었다. (…) 지금 하는 작업은 그와 다르면서도 같다.
예전에는 명확한 시기들, 조명이 드리운 시기들에 대해
말했다. 이제는 똑같은 그 젊음의 숨겨진 자락들에 대해,
내가 파묻어버린 어떤 사실들, 감정과 사건들에 대해
말하려 한다."

뒤라스는 이 주제로 다년간 독자를 홀리고 매혹했다.
이 주제는 뒤라스 스스로 소설이라 불렀던 작고 조밀한
추상들 속에 거듭거듭 새겨졌고, 연상을 환기하는 산문은
칼날처럼 흔들림없이 존재의 외피를 겹겹이 도려내어
가르고 파 들어가 오로지 원초성으로 회귀하려는 끝없는
의지만 남은 자아의 속살까지 가닿는다. 자아를 형성한
기억에 엄습당하면서도 동시에 그 기억을 떨쳐버리고
자유로워지려는 욕망에 모든 걸 잠식당한다, 아니,
에테르에 마취되어버린다.

『연인』의 시간적 배경은 1930년대고 장소는
인도차이나다. 열다섯 프랑스 소녀가 메콩강을 건너는
페리 갑판에 혼자 서 있다. 노동자들이 모여 사는 교외
지역 사데크에서 사이공 도심으로 향하는 배다. 소녀의
옷차림은 도발적이다. 남자아이용 가죽 벨트로 대충 여민
누더기 실크 원피스에 금사로 엮은 하이힐 구두를 신고
넓은 검은색 밴드로 챙 아랫부분을 빙 둘러 감은 남자
페도라를 쓰고 있다. 그 뒤쪽으로는 리무진 한 대가 서
있는데, 마르고 고상하게 생긴 스물일곱 살 중국 남자가
뒷좌석에 앉아 소녀를 지켜보고 있다. 남자는 차에서
내려선 대화를 시작하고 담뱃불을 붙이며 몸을 부르르
떨더니 소녀에게 어디든 가는 데까지 태워주겠다고
한다. 소녀는 말이 떨어지자마자 좋다고 답하고 차에
오른다. 남자는 소녀에게 반하고, 아이도 여인도 아닌
하얗고 깡마른 소녀의 몸을 탐하며 가히 경이로운 열정을
불태운다. 소녀는 거기 감응하는 자기 능력에 몰입하고
남자 못지않게 황홀한 열정으로 타오른다, 아니 심지어
남자보다 더 뜨겁게 달아오른다. 정사가 시작되고 끝이
난다. 그리고 열일곱에 프랑스로 돌아가게 된 소녀가 갖게
된 얼굴은 남은 평생 변치 않을 것이다.

이 정사로 소녀는 자신이 타인의 욕망에 불을 댕기는

촉매라는 사실뿐 아니라, 성적 흥분을 불러일으키는
자신의 권능이 흥분되는 것이라는 사실마저 배우게 된다.
이것은 재능이다. 한 사람의 평생을 구축할 기반으로
손색이 없다. 너는 어떤 남자에게도 충실할 수 없는
여자라고 중국인 연인이 말할 때, 소녀는 그 말을 열심히
귀담아듣는다. 남자의 말이 옳다는 느낌도 들고, 자신을
사로잡을 수 있는 건 특정인이 아니라 욕망의 힘 그
자체뿐이라는 것도 이미 안다. 압도하고 유린하는 욕망,
여자의 몸을 관통해 꽃피고 남자의 삽입으로 실현되며 둘
다를 불태워 망각으로 몰아넣는 욕망.

소녀가 발산하고 공유하는 열기의 저변으로, 싸늘하고
경이로운 초연함이 응결해 투명한 결정結晶이 되어
맺힌다. 소녀의 눈에는, 자신이 욕망이라는 굶주림을 통해
인간관계의 도구적 본질을 이해하게 되리라는 사실이
훤히 보인다. 그 앎이야말로 탈출의 티켓이라는 것도.
중국인 연인과 보낸 1년 반이란 시간은 이 앎이 달구어져
제련되는 도가니다.

뒤라스는 30년에 걸쳐 이 소재를 허구적 추상에
담아 내놓고 또 내놓았다. 욕망을 떠받들며 살아간 그
일생은 1932년 사이공의 중국인 주거지역에 있던 셔터
내려진 방에서 얻은 하나의 교훈을 명백히 입증해버렸다.

그건 바로 그가 혼자라는 것, 혼자야말로 그라는 것,
죽을 때까지 쾌락을 추구했기에 더더욱 누구 하나 없는
혼자라는 교훈이다. 단절이 인간을 쾌락으로 내몰고,
쾌락은 마약처럼 작용하며, 그 마약에 취해 심지어 단절을
더욱 첨예하게 느끼는 아이러니. 이 아이러니를 뒤라스는
심오한 실존의 문제로 절감했다. 그 결과 에로틱한
사랑이라는 중독적이고 복잡한 실체를 파헤치며 독자를
끌고 들어가는 뒤라스의 기교는 가히 어마어마한 힘을
과시한다.『연인』의 서술적 화자의 목소리는—이건
콜레트마저 제대로 제어하지 못한 소재인데—문체로는
욕망 그 자체의 중독적이고 나른한 위안을 복제하되
조명이 아닌 회피를 위해 욕망을 활용하는 사람의 서글픈
육성이 공명하도록 하는 데 성공한다. 처음 출간되고
30년이 지난 지금 책을 읽으며 내 마음이 감응한 지점은
무엇보다 바로 이 소리, 회피의 육성이었다.

『연인』에서 독자는 뒤라스가 가족이라 일컫는
잔인무도한 상태로 거듭 초대받지만 결국 튕겨 나온다.
어머니는 남편을 잃고 홀몸이 된 교사로 우울증에 질식해
죽어가고 있고, 남동생은 다정하지만 지능이 모자란
녀석에, 오빠는 죽일 듯 달려들어 사람을 괴롭히는
폭력의 화신이다. 오로지 핏줄 하나로 떼려야 뗄 수 없게

묶여버린 이 불행한 부적응자들의 집단은, 항구적인 주변성으로만 자아를 경험하는 사람들 특유의 쓰디쓴 무표현으로 수시로 퇴행한다.

안녕, 잘 자, 새해 복 많이 받아, 그런 건 절대 없다. 고마워도 절대 없다. 어떤 말도 일절 없다. 말을 할 필요도 전혀 없다. 만물은 언제나 말이 없고, 서로 멀찍이 거리를 둔다. 이것은 돌이 된 가족이다. 속속들이 화석화되어 절대 뚫을 수 없다. 우리는 매일 서로 죽이려고 든다, 살해를 시도한다. 서로 말하지 않고, 심지어 보지도 않는다. 본다는 건 언제나 굴욕이다. 우리는 살아야 한다는 근본적 치욕으로 단합한다. 바로 이 지점에서 공통 운명의 핵심에 다다른다. 우리 세 사람은 모두 어머니의 자식이라는 사실에.

감정적으로 부재하는 모친을 대하는 화자의 마음은 차라리 사랑에 더 가깝고, 깡패 같은 오빠는 두려움과 혐오의 대상이며, 여리고 무력한 동생은 꿈틀거리는 에로틱한 충동의 상대다. 바로 이런 조합이 반복적으로 독자의 관심을 끌면서도 역시나 반복적으로 그 관심을

뜯어내버리는 것이다. 그 가운데 화자의 격한 외로움이
느껴지지만, 그는 이 조건을 도저히 직접적으로 말하지
못한다. 대신 여기저기 슬몃 끼워 넣은 막간의 단상으로,
이따금 어머니가 영혼을 파괴하는 우울을 떨치고
일어나는 순간 소녀에게 벅차게 밀려오는 미칠 듯한
기쁨으로, 다만 암시할 뿐이다. 그럴 때 소녀는 어쩌면
다르게 펼쳐졌을 삶의 비전에 관통당한다.

낮들은 정말 잘 기억나지 않는다. 태양의 빛은 윤곽을
흐리게 번지게 하고 모든 색채를 압살했다. 그러나
밤들, 나는 그 밤들을 기억한다. 그 푸른빛은 하늘보다
더 멀고, 모든 심도를 넘어 세계의 한계를 아우른다.
내게 하늘은, 그 푸른빛, 모든 색을 초월하는 그
차가운 응고를 가로지르는 순수한 찬란의 자락이었다.
빈롱에서였다. 가끔 엄마가 슬플(슬프기만 할) 때면
이륜차를 불렀고 우리는 건기의 밤을 보러 시골로
드라이브를 가곤 했다. 내게 그런 크나큰 행운이
있었다. 그 밤들, 그런 엄마. 빛이 순수하게 투명한 계단
폭포처럼 침묵과 부동성의 거센 물살이 되어 하늘에서
쏟아져내렸다. 공기는 푸르렀고, 손에 잡힐 것만 같았다.
하늘은 꾸준히 펄떡이며 맥동하는 찬란한 빛이었다.

밤이 만물을 밝혔다. 시야가 미치는 양쪽 강둑으로 펼쳐진 전원이 밝게 빛났다. 모든 밤이 달랐고, 그 밤이 지속되는 동안엔 저마다 이름이 있었다. 그 밤들의 소리는 개들 소리였다. 시골 개들이 신비를 향해 울부짖었다. 개들은 마을에서 마을로, 밤의 시간과 공간이 완전히 연소해버릴 때까지 서로에게 응답했다. 내게 그런 크나큰 행운이 있었다. 그 밤들, 그런 엄마.

이 대목은 한없이 길게 이어진다. 뒤라스가 그 시간 그 장소의 기억과 이별하는 걸 차마 견디지 못하기 때문이다. 기억에 길이 남을 그 한순간, 자라나는 한 존재의 세계와 자아 감각을 단단히 직조하는 데 필요한 모든 것이 풍요로이 제자리에 있었다. 역설적이게도 바로 그 순간 뒤라스는 자신이 실제로 태어난 삶의 현실이란 상실과 방기 그 자체이며, 가석방의 희망조차 품을 수 없는 구금형을 선고받았음을 새삼 질감한다.

나는 흐르는 세월을 거치며 이 대목을 읽고 또 읽었는데, 그때마다 엄마가 파티에 입고 가려던 원피스의 심장께를 오려냈던—안다, 나도 안다, 그런 일은 없었다는 걸—그날의 기분으로 돌아갔고, 그때마다 차라리 내

기억과 얽히고설킨 이 심리적 혼돈에 몸을 던져 완전히
침잠해버리면 다시 빠져나왔을 때 자유로운 여자가
되지 않을까 상상했다. 그러나 혼돈에 가까이 다가가기
무섭게, 나도 뒤라스처럼 홱 방향을 돌려 회피해버리곤
했다. 뒤라스와 달리, 나는 앞뒤 재지 않고 엎어져 욕망의
열병을 앓지 않았다. 이제 나는 그게 뒤라스가 생을
바쳐 집착한 감정의 자유낙하를 확증하기보다 차라리
은폐하려는 계산이라는 걸 안다. 그럼에도 결국 나 역시
뒤라스와 똑같은 집착에 구속받고 있다는 결론을 내리게
되는데, 그건 그가 성애의 망각에 평생을 바치고도 자유를
얻지 못했듯이 어른이 된 나의 앎도 나르시시스트적
상처에서 나를 해방시키지 못했기 때문이다.

넷

우리가 어쩌다가 지금의 모습이 되었는지에 관해
우리가 아는 것과 차마 알려고 들 수도 없는 것 사이에,
일부 탁월한 작가들이 필사적으로 예술을 창작해 모든
걸 쏟아버리는 감정의 쓰레기장이 있다. 뒤라스가 그런
작가였다. 또 다른 작가로는 엘리자베스 보엔이 있다.
젊었을 때도 그 작가의 힘을 느꼈지만 진가는 나이가 든
후에야 파악할 수 있었다. 나는 보엔의 대표작『심장의
죽음 *The Death of the Heart*』『파리의 집 *The House in Paris*』
『낮의 열기 *The Heat of the Day*』세 권을 꽤 어린 나이에
탐독했지만 그 후론 보엔의 글을 한 글자도 더 읽지
않았다. 너무하다 싶을 정도로 독창적인 문장들에 새겨진
미스터리의 감각과 뭔가 심오한 것을 인용하고 있다는
느낌은 마음을 설레게 했지만, 그게 정확히 무엇인지는

그 시절 내가 목숨을 걸고 매달렸다 해도 도저히 말로
표현할 수 없었으리라. 그 문장들을 좇아가던 기억이 난다.
어린아이나 영어에 서툰 사람처럼, 알 수 없는 언어에서
의미를 뽑아내려 씨름하듯이, 손가락을 책장에 대고
찬찬히 짚어보기도 하며.

하지만 아, 그 문장들이란!

보엔은 어느 인물의 사회적 무능력에 대해 이렇게
쓴다. "실루엣만도 못한, 모호한 존재감, 서쪽 빛이 부풀린
머리와 레이스 숄을 투과하자 그는 반쯤 녹아내렸다.
아무리 질문을 해도 대답을 거의 하지 않으니, 사람들은
그에게 어떻게 다가가야 할지 몰랐다." 또 다른 사람에
대해서는 이렇게 쓴다. "그 남자는 자기 생각이 눈꺼풀
밑에 있기라도 한 듯 눈을 내리까는 습성이 있었다."
그리고 또, "그 결혼생활에는 줄리언의 머뭇거림에 발끈해
마음속에서 화르르 불타오르던 천박한 감정이 없었다.
그 1년 동안 헨리에 대해서는 그렇게나 아는 게 없었어도
자기 자신만큼은 어느 때보다 더 잘 알았기에, 그 시간은
그림자처럼 연속성을 지닌 인상으로 남았다". 그리고 여기
전쟁으로 소등한 늦은 밤 런던 유스턴 역에 들어서는
인물의 감정을 묘사하는 대목이 있다. "누가 누구를
알아본다는 건 가망없는 일로만 느껴졌다. 서로 만나게

되기를, 서로 이름을 부르기를 소망하는 사람들은 모자를 젖히고 물에 빠져 죽어가는 사람들처럼 얼굴을 들었다."

내가 아득한 그 옛날 볼 수 없었던 건, 보엔이 난해한 통어법으로 서사의 속도를 느리게 만듦으로써 독자에게 주문을 거는 한편, 어떤 감정적 경험을 지면에 옮기려고 안간힘을 쓰고 있다는 사실이었다. 보엔은 어떤 말로도 형용할 수 없는 경험, 마땅한 단어도 없거니와 마땅한 순서로 단어를 조합할 수도 없는 경험, 그럼에도 창작에 유령처럼 들러붙어 자신을 괴롭힌 경험을 옮기려 했던 것이다. 그러다 언젠가 그리 멀지 않은 과거에 나는 미국 시인 에이드리엔 리치가 에밀리 디킨슨에 대해 쓴 글을 읽고 강렬한 인상을 받았고, 불현듯 마음 전면에, 그리고 중앙에 엘리자베스 보엔이 떠올랐다. 리치가 디킨슨에 대해 쓴 글은 이랬다. "언어로 추적해 사냥할 수 있는 극단적인 심리 상태들이 있다는 걸 나는 디킨슨에게 배워서 알았다. 그러나 그 언어는 주조하고―발견하고― 제작해야만 했다. 뇌리에 일차적으로 떠오르는 말들이 아니었기 때문이다." 나는 바로 서가로 가서 보엔의 소설 한 권을 꺼내 읽기 시작했다.

그 즉시 텍스트가 알아서 암호를 해독하는 듯 보였다. 의미는 몰라도 텍스트의 소명이 무엇인지는 명확하게 드러나 있었다. 몇 달도 못 되어 나는 깨닫는다. 30년 넘는 세월 보엔이 단편과 장편을 창작한 목적은 오직 하나, 독자로 하여금 자신이 깊이 이해했던 단 하나—극단적인 심리 상태—의 힘을 실감하게 만드는 데 있었다는 걸. 감정을 두려워하는 그 심리야말로 우리가 서로의 영혼을 자근자근 살해하고 정기를 마취하고 심장을 옥죄는 원인이다. 그것이 욕망을 목 조르고 감상을 욕보이며, 전쟁을 짜릿한 것으로 만들고 평화를 침울한 것으로 만든다. 내가 깨달은 게 하나 더 있다. 작품세계 전체를 놓고 보면, 산문이라는 표면 아래로 끊임없이 신경의 저류가 흐르고 그 근원엔 심리적 손상이 있는 작가들이 있다. 그런 작가들의 작품세계는 전체를 볼 때 바로 그 심리적 손상을 적나라하게 표출한다.

보엔의 1948년 소설 『낮의 열기』는 제2차 세계대전 중에 집필되었으나, 전쟁이 끝난 후 작가의 말에 따르면 쓰던 이야기를 더 잘—완전히는 아니고 그냥 잘—이해하게 되었을 때에야 비로소 완성되었다. 1942년 가을의 런던을 배경으로 한 이 소설은 파국의 시대에 우리 내면을 깨뜨리고 나오던 어떤 미지의 대상에 집요하게 사로잡힌 채, 우리가 제2의 피부로 여긴 문명의 표면 저변에 알고 보니 교양 있는 감정이 부재했다는 사실에서 비롯된 치명적 결과를 폭로한다.

소설에서 마흔 살의 이혼녀 스텔라는 대공습 기간 만난 됭케르크의 생존자 로버트를 사랑하고 있다. 연애가 한창 무르익었을 무렵, 수수께끼의 정보원 해리슨이 홀연히 등장해 스텔라에게 당신의 애인은 반역자라고 말한다. 스텔라는 해리슨의 말을 믿고 싶지 않아 하지만, 밤마다 런던에 폭탄이 떨어지는 사이 이제 일상의 현실이 되어버린 그 악의적 존재는 해묵은 불안까지 잠식하기 시작한다. 전쟁은 우리 내면의 악이 외연으로 드러난 것에 불과하다는 암시를 해리슨이 흘리자, 스텔라는 자기가 과거에 저지른 배반 행위들—감정을 느끼는 데 실패했다는 과오—에 꿰찔려 "함께 시련을 겪는 동포를 탓할 수 없듯 이제 세계를 탓할 수도 없음"을 깨닫는다. "지난 20년의 세계와 그가 자기 내면에서 느꼈던 것들, 눈을 똑똑히 뜬 채 무기력하게 재앙을 향해 전진하는 발걸음을 볼 수밖에 없었다. 파국의 세기가 걸어간 파국적인 궤적이 갈수록 자기 것으로 보였다. 그와 세계는 함께 정오라는 시련의 절정에 다다랐다. 그때까지는 둘 다 한시도 살아 있었던 적이 없었다."

어떤 의미에선, 소설의 모든 게 바로 이 시각으로 기운다. 주인공이 세계의 절망에 기여했다는 자각에 이르는 시간—그 시각은 은유적으로 정오다. 1942년 런던에서 살아 있다는 감각이 가장 첨예하게 벼려지는 시간이기 때문이다. 정오가 지나면 그저 무기력하게 폭탄이 떨어지길 기다리는 일밖에 남지 않는다. 그러나 아무리 무시무시한 대공습이라도 처음 고조되었던 심리적 공포를 계속 끌고갈 수는 없고, 스텔라의 통찰 또한 그것을 속죄의 행보로 이끌 힘이 없다. 처음 공습이 개시되었던 1940년 가을을 기억하며 스텔라는 사뭇 향수에 젖어 그 전무후무한 시절을 회상한다. "그 어떤 계절도 그처럼 생생히 느낄 수는 없을 것이다. (…) 그 어떤 행성의 공전도 삶과 죽음의 그 고유한 합일을 되돌려주지 못할 것이다. (…) 오로지 그 시기에만 존재했던 영적인 런던은 영원히 돌아오지 않을 것이다. 폭탄은 앞으로도 떨어지겠지만, 그때와 같은 도시는 아닐 것이다. 전쟁은 지평에서 지도로 이동했다. 그리고 바로 지금에야, 전쟁을 보지도 듣지도 냄새 맡지도 못하게 된 지금에야, 전쟁에 대한 치명적 순응이 자리 잡기 시작했다."

이 대목은 보엔의 시그니처다. 전시든 평시든, 죽어버린 감정에 순응하는 것이야말로 그의 대주제다. 보엔에게는 이 순응이야말로 삶의 주적이다. 그는 인간의 조건에 저질러진 대죄를 고발한다. 아무것도 느낄 수 없는 심장에

적응할 수밖에 없게 된 죄. 단 하나뿐인 우리 삶, 여기에
생래의 비극이 있다.

　보엔은 1889년 영국계 아일랜드 귀족 가문에서
태어났고, 비 내리고 안개 자욱한 땅에 터 잡은 춥고
외풍이 심한 영지 저택에서 특권과 전통의 엄격한
책임감에 단단히 사로잡힌 사람들에 둘러싸여 성장했다.
그 가운데 다수는 침울하게 사색적이고 고집불통에다
감정적으로도 온화하지 못했지만, 범절에 어긋나는
일만큼은 죽기보다 두려워했다. 보엔의 두 번째 소설
『마지막 9월 *Last September*』에서 한 인물이 말하듯, "삶은
불편투성이였지만, 그 불편감을 말로 표현하라고 하면
그는 그길로 충격을 받는 듯했다". 처음부터 보엔에게는
필요한 은유가 모두 갖춰져 있었다.
　엘리자베스 보엔이 다섯 살이었을 때, 부친은
신경쇠약에 걸렸고 거기서 영영 회복되지 못했다. 열세
살 때는 모친이 암으로 세상을 떠났다. 그 후로 보엔은
친척 집이나 기숙학교에서 살았고, 고아라는 사실에
막연한 수치심을 느꼈다. 전기작가인 빅토리아 글렌디닝도
"기형으로 일그러지는" 느낌이었다고 표현할 정도였다.

그때 보엔은 감정에 방벽을 둘러치는 행위의 양면인 고립감과 위로를 모두 체험했다. 몇 년 후, 보엔은 인생에서 이 시기에 "억눌린 감정의 이력이 시작"되었다고 표현했다. 이때부터 줄곧, 보엔은—자기 소설에 등장하는 인물이 대체로 그렇듯—"뚜껑 덮인 삶"과 절친한 친구가 되었다.

뚜껑 덮인 삶의 대가를 체현하는 온갖 인물상을 폭넓게 보여주다 못해 인물사전을 방불케 했던 소설이 1938년 출판된 『심장의 죽음』이다. 퀘인 부부는 아들 토머스와 교외에서 사회적 규범을 잘 지키며 살아가고 있었는데, 50대 후반에 들어선 퀘인 씨가 별안간 비딱해지더니 급기야 런던의 꽃집에서 일하는 젊은 여자 아이린과 사귀기 시작한다. 아이린이 임신하자 퀘인 부인은 낯도 붉히지 않고 가족의 집에서 남편을 쫓아내는데, 속이 상해서라기보다 그의 사정을 도덕적으로(즉, 사회적으로) 용인할 수 없기 때문이다. 퀘인, 아이린, 그리고 두 사람의 혼외 자식 포샤는 19세기 소설에서처럼 자발적 추방자가 되어 유럽 본토로 떠나고 그때부터 15년간 유럽 전역을 떠돌며 살아간다. 양부모가 죽자 열여섯 살의 포샤는 사업가인 이복오빠 토머스의 리젠트파크 저택에서 1년간 지내게 된다. 하지만 토머스도, 그의 아내 애나도 정상적인 감정 표현이란 걸 조금도 알지 못한다. 사실, 둘은 감정을 표현한다는 생각만으로도 앓아누울 위인들이다. 그런 까닭에 두 사람이 꾸린 가정은 대화 없는 예의와 규범에 절여져 있다. 이 침묵의 예절은 두 사람이 사회적 존재로 살아가게끔 해주지만 숱한 갈망과 실망감을 은폐하고 있다. 이런 마음이 전부 겉으로 드러나버리면 두 사람 다 어찌할 바를 모르게 될 터였다. 머지않아 포샤는 절박한 심정이 되어 "깊이 체념에 빠져 있을 때마저 왜 이 집에서 느껴지는 외로움엔 한계가 없는지"를 알아내고자 한다.

그러나 포샤에게 최후의 치욕을 안기는 촉매는 애나의 오빠가 대학생 때 만난 친구 에디다. 한때 미모의 천재 장학생이었던 에디는 옥스퍼드의 부자와 귀족들 사이에서 출세의 계단을 오르기를 열망했다. 그중 많은 사람이 처음엔 에디를 흥미롭게 바라보지만—"그 친구한테는 프롤레타리아다운, 동물적이고 재빠른 우아함이 있었어"—곧 아무 이유 없이 그를 저버린다. 에디는 깊디깊은 모욕감을 느꼈지만, 상처의 근원을 등지고 떠나는 대신 그나마 수중에 남은 사회적 인맥에 집착한다. 결코 동등한 존재로 환대받지 못할 세계의 변경에 접착된 채 그는 점점 더 자아의 현실감을 잃어가고, 당연히 다른 모든 사람도 더욱더 비현실적인 존재가 되어간다. 에디는 선악과를 따먹은 지 10분이 지난 아담만큼이나 금세 감정과 멀어진다.

　감정적 단절은 에디를 신뢰할 수 없는 사람으로
만들지만, 막상 그를 위험한 존재로 만드는 건 내면의
공허다. 리젠트파크의 집에서 포샤를 만난 에디는 우리
둘은 사실 쌍둥이나 마찬가지라면서 포샤에게 접근한다.
우리는 둘 다 반응 없는 부르주아의 야만적 세계에서
똑같이 표류 중인 사람들이라고 말한다. 에디의 관심에
안쓰러울 정도로 고마워하는 포샤는 둘 사이에 사랑의
유대감이 생겨났다고 섣불리 믿어버린다. 한동안 에디는
연애에 매달리는데, 포샤가 순진했던 까닭에 "그를
투명인간 보듯 하더라도 (…) 자기 눈에 틀림없이 담겨
있을 진공의 허무를 의식하며 수치를 느낄 필요가
없기" 때문이다. 당연히 배신은 시간문제일 뿐, 예정된
결론이었다.

　그러나 에디의 호소력은 이 책의 힘을 떠받치는 중추다.
겉으론 어른 같아도 에디는 진정 보엔의 아이이고, 이런
아이는 한둘이 아니었다. 『심장의 죽음』의 포샤, 『마지막
9월』의 로이스, 『상속받지 못한 사람들』의 다비나, 『파리의
집』의 레오폴드, 그리고 에디의 등장으로 우리는 보엔의
모든 소설에서 무대 한가운데를 차지하는 인간 낙진들을
똑바로 마주보게 된다. 우리는 에디한테서 소름끼치는

순수—공감 능력의 발달이 가로막힌 결과로서의
순수—를 느낀다. 이 섬뜩한 순수성은 보엔의 아이들 한
명 한 명이 입은 손상의 피하에 도사리고 있으며, 그로
인해 그들은 또 그들대로 운명처럼 자기를 사랑하는
이들에게 똑같은 상처를 입히고야 만다.

　나의 에다는 열여덟 살에 만난 남자(그때 나는 보엔의
포샤 역할을 대리해 연기할 수도 있었다)였는데, 나는 이후
수십 년간 그의 매력에서 헤어나오지 못했다.
　나보다 열 살이 많았던 다니엘은 검은 머리 미남에
출중한 천재였으며 영혼을 바친 보드라운 구애로 내게
사랑받는다는 느낌을 기어이 주고야 마는 남자였다.
그러나 우리가 서로에게 그토록 강렬히 끌렸던 이유는
공통의 감수성에 있었다. 이 점에서 다니엘과 나는
눈부신 천생연분이었다. 혼연일체가 된 우리 몸과 마음의
교감은 워즈워스도 부러워할 만한 것이었다. 우리
대화는 그 자체로 예술작품이었다. 우리는 매 시간 함께
산책하며 삶, 사랑, 문학을 놓고 열띤 대화를 나누었고,
흡사 러시아 희곡에 나오는 사람들처럼 우리가 주고받는
말들이 창출하는 비상하리만큼 치열한 밀도를 갈망하며

목말라했다. 이 강렬한 밀도는 우리에게 평화와 기쁨, 흥분을 주었다. 침대에서, 거리에서, 아침 식탁에서도. 일생을 없는 줄도 모르고 살아왔던 삶의 충만한 행복감이, 그와 함께일 때면 갑자기 생겨났다.

하지만 사귀기 시작했을 때부터 다니엘은 자기가 어떤 사람인지 정체가 무엇인지에 대해 지독하게 혼란스런 신호를 보내왔고, 결별 후에도 오랜 세월 나는 그리도 고집스럽게 눈을 감고 진실을 보지 않았던 그 딱한 젊은 여자(나)는 도대체 누구였을까 생각하곤 했다. 첫 만남에 그는 자기 자신에 대해 세 가지를 알려주었다. 첫째, 결혼을 했고 이제는 이혼했다. 둘째, 부모는 유럽에 산다. 셋째, 과거에 알코올의존자였다. 머지않아 나는 그가 한 번이 아니라 두 번 결혼했고, 부모는 외국이 아닌 캔자스에 살고 있으며, (아직도) 한 번씩 기겁할 정도로 술을 벌컥벌컥 들이켜댄다는 걸 알게 되었다. 그는 또 전화하기로 한 시간, 오기로 한 시간을 수시로 어기거나 두세 시간씩 늦게 와서는 이제야—정말이지 드디어!—나를 만났다는 기쁨에 눈을 빛내며 엉성하고 두서없는 변명을 늘어놓기 일쑤였다. 하지만 그러다 몇 분도 안 지나서 자기 잘못은 제쳐두고 뭔가 새롭게 몰입할 주제로 대화를 유도했는데, 그런 대화를 나누기에 나는 분명 그 누구보다 귀한 상대였을 것이다. 얘기할 때 그는 어찌나 기쁨으로 빛났던지. 나는 그의 말에 시적으로 반응했다. "아름답고 기적 같은, 나의 아가씨!" 그는 어김없이 만면에 미소를 띠고 말했다. "당신은 인생 그 자체야!" 사랑에 눈멀었던 나는 명백한 위험신호였던 다니엘의 면면을 버릇처럼 무시하는 쪽을 선택했다. 그러나 선택은 어쩌면 틀린 말일지도 모르겠다.

1923년 보엔은 앨런 캐머런과 결혼했다. 교육행정관이었던 앨런에게 보엔은 열정보단 우정을 느꼈고, 30년 후 그가 세상을 등질 때까지 점잖고 정중한 관계를 유지했다. 그사이에 보엔은 연애를 했다. 정사는 한두 번이 아니었다. "관능이라면, 굳이 피하려고 애쓴 적도 없고 절제하려는 노력 한번 한 적이 없다"고 보엔은 말한 적이 있다. 그러나 1941년 런던, 대공습의 한가운데서, 보엔은 찰스 리치를 만나게 된다. 이 서른다섯 살 캐나다 외교대표부 차관을 그는 깊이 사랑했고 끝내 그 사랑에서 헤어나오지 못했다. 그와의 정사는 보엔에게 삶을 뒤바꿔놓은 사건이었다. 그러나 바람둥이 미혼남 리치에게는 그저 습관적으로─심지어 문제가 될 정도로─저지르던 수많은 관계 중 하나에 불과했다. 보엔과 만나고 열 달이 지나 리치는 일기에 이렇게 적었다. "엘리자베스가 내게 사랑받는 것보다 날 더 사랑해서 슬프다. 다른 의미에서 그건 내게도 슬픈 일이다."

찰스 리치는 에디의 현실판과도 같은 인물이었다. 우아하게 지적이고 학력도 높았으며, 무엇보다 매력의 화신이었다. 어디서나 누구에게나 그가 말만 걸면 상대는 자기가 중요하고 가치 있는 사람이라는 느낌에 사로잡혔다. 하지만 정작 그의 관심과 애정을 꽤 오랫동안 붙잡을 수 있는 사람이나 사물은 없다시피 했다. 리치는 소속 계급의 인습을 공공연히 깨뜨린다는 건 꿈도 못 꿀 인간이지만, 막상 인습을 마주하면 아슬아슬하게 못 견뎌하며 조바심을 냈다. 1939년, 서른아홉 나이에 그는 벌써 일기에 이렇게 고백하고 있었다. "가정생활이라니, 차라리 사창가나 은둔자의 암굴暗窟을 달라고 간청하고 싶다." 리치의 내면에도 광막한 허무가 살았고, 그 또한 관능을 처방약으로 썼던 것이다. 그에게는 여자를 끄는 매력이 있었고, 여자들과의 동침은 그가 선택한 약이었다. 처음부터 리치는 보엔을 상습적으로 배신했다.

그럼에도 두 사람의 관계는 죽음이 서로를 갈라놓을 때까지 지속되었다. 표면적으로 보면, 이 정사가 계속될 수 있었던 건 보엔이 끝까지 리치를 영웅적으로 봐주었고, 리치 역시 보엔이 봐주는 자기 모습과 사랑에 빠졌기 때문이다. 그러나 평생에 걸친 이 애착의 진짜 역학은 둘 다 나름대로 서로에게서 자기 자아의 결정적 특징을—"억눌린 감정"이 얼마나 끔찍한 힘으로 사람을 일그러뜨리는가를—알아보았고, 그 황폐한 운명으로부터 구조되기를 열렬히 갈망했다는 데 있다.

이 열망이—불공평하게 표현되기는 했으나—보엔과 리치의 유대를 단단히 밀봉했고, 욕구와 냉소와 자기기만이라는 기이한 조합을 먹고 자란 이들의 정사를 드라마틱한 것으로 만들었다. 2008년 빅토리아 글렌디닝이 펴낸 『사랑의 내전Love's Civil War』이라는 책에는 보엔이 리치에게 보낸 편지들이 선별돼 실려 있고, 비슷한 시기에 리치가 쓴 일기도 함께 적혀 있다. 두 사람의 글을 같이 놓고 보면, 보엔이 15년에 걸쳐 열정적인 편지들을(기실 다 똑같은 열정의 편지다) 보내는 사이 리치는 영적인 타락에 대한 바닥 모를 절망을 일기에 옮겨 적고 있다는 것을 알 수 있다. 보엔이 환상에 빠져 감정을 쏟아내고 있을 때 리치가 무슨 생각을 하고 무슨 감정을 느꼈는지, 어느 순간을 펼쳐도 매한가지로 드러나는 이 기막힌 괴리를 보여주려고 1945년에서 1955년 사이에 쓰인 둘의 글을 무작위로 몇 편 골라보았다.

리치: 예전만큼 E 생각을 많이 안 한다. 심지어 나 자신도 생각지 않는다. (…) 이토록 군더더기 없고 이토록 공허한 내 인생을 얼마나 오래 견뎌낼 수 있을까?

보엔: 사랑하는 당신 (…) 당신을 너무나 많이 생각하고 너무나 많이 사랑해. (…) 지난 1년은 차라리 스크린에 투사된 1년 같아. (…) 오로지 당신 편지들로만 한 주 한 주가 구분되었지.

리치: 이번 크리스마스처럼 침울한 사건은 살면서 겪어본 적이 없다. (…) 아마도 언젠가는 이 심장의 죽음이, 이 정신의 마비가, 이 황량한 진공이 끝나겠지. (…) 나는 어떤 여자를 사랑하나? 이 질문을 하기 시작하면 골치가 아프다. 정신적 현기증 같은 게 덮쳐 와 나를 압도한다. (…) 이런 식으로든 저런 식으로든―어느 정도까지는―아무 여자나 사랑할 수 있다는 느낌이 든다.

보엔: 내 사랑 (…) 우리 사랑은 우리가 낳은 자식 같아. 한시적인 분노와 고독 밖에서, 그 자체로 독립적인 존재 같거든. 우리 사랑은 우리를 위로하고 축복해주는 (…)

천사 같아.

리치: 모퉁이를 돌아서 (…) 내 사무실로 올라가는 동안, 커튼을 치고 분홍색 조명을 켜고 커다란 더블베드에 여자랑 누워서 섹스하고 담배를 피우고 얘기도 좀 나누고 (…) 샴페인도 마시고 (…) 다 끝나면 처음부터 똑같이 다시 시작하면 좋겠다는 생각이 들었다.

보엔: 당신을 향해 타오르는 열망에 갈기갈기 찢겨 제정신을 잃어가고 있어. (…) 오, 내 사랑, 함께 보낸 지난 한 해는 얼마나 근사했던지! 우리는 늘 가까이 있어, 매주, 일주일 내내, 달싹 붙어 있잖아. 우리가 이렇게 서로를 느끼는 감각은, 당연한 거지만 주말에 물밀듯 밀어닥치지 않아?

리치: 여자를 향한 내 사랑은 그 사랑을 배신하고야 말겠다는 욕구와 어김없이 연결되어 있다. 그런 강박적 충동을 끔찍이 두려워하면서도 나는 또한 욕망한다.

보엔: [가끔 그럴 때가 있어.] 당신이 그리워 병이 날 지경이라는 느낌이 들 때, 그럴 때 삶은 차마 견디기 힘든 시련이 되지.

나는 그리 오래지 않아 다니엘이 병적인 거짓말쟁이라는 걸 알았다. 그는 신문을 사러 나가면서 담배를 피우러

나간다고 했다. 늦게까지 일한다고 한 날은 십중팔구
영화를 보러 갔을 테고, 친구랑 식사한다고 한 날은
〔얘기한 친구가 아닌〕 다른 친구일 확률이 높았다. 어느
때건 자기가 정확히 어디 있는지 무엇을 하는지 아무도
알지 못하는 게 대단히 중요한 문제인 양 굴었다.
거짓말에는 마찬가지로 병적인 무책임함이 나란히 따랐다.
공공장소―가게, 식당, 도서관―에서 그를 기다린다는
건, 어김없이 참사로 이어지는 공식이었다.

　나는 그런 행동이 너무나 낯설어서 처음엔 그만 기겁을
했다. 초반에는 몇 번 점잖게 이의를 제기했다. 다음에는
강하게 항의했고, 울분을 터뜨렸고, 급기야 격분하고
말았다. "이게 얼마나 모욕적인 일인지 모르겠어?" 나는
소리치곤 했다. "얼마나 싸구려가 된 기분이 드는지?"
가끔은 흐느끼거나 악을 쓰거나 움찔하며 물러나기도
했다. 무슨 짓을 해도 그에게 닿을 수 없었다. 그는
한결같이 나를 멀뚱히 바라보거나 고개를 떨구거나
중얼중얼 빈약한 변명의 말을 늘어놓으면서도 노상
영문을 모르겠다는 얼굴이었다. 정말이지, 그는 내가 왜
그렇게 열불을 내는지 조금도 짐작하지 못했다.

　어느 날 밤 지인의 초대로 파티에 갔다가 아파트 구석의
어두운 화장실에서 나오던 나는 다니엘과 파티를 주최한

여자가 한데 엉켜 있는 모습을 보았다. 내가 비명을 질렀던 모양인지 두 사람은 펄쩍 놀라 떨어졌고 여자는 도망갔다. 지금도 가슴속에서 쿵쾅거리던 심장 소리며 당장이라도 머리가 폭발할 것만 같았던 그 기분이 기억난다.

"당신 저 여자랑 자는 거야?" 내가 물었다.

"아니." 그가 말했다.

"같이 잘 생각인 거야?"

"딱히 그런 것도 아니야. 그냥 호기심이 동했을 뿐이지. 뭐 때문에 그렇게 흥분하는 건데?"

"뭐 때문에 그렇게 흥분하느냐니!"

그 사건에서 가장 기억에 남는 한 가지는 대화 내내 다니엘의 행동거지 전반에서—표정, 목소리, 몸짓을 통틀어—감정적 동요가 전혀 보이지 않았다는 점이다. 처음으로, 감정에 있어선 그가 저 멀리 다른 행성에 존재하는 사람일지 모른다는 생각이 뇌리를 스쳤다.

그날 밤, 다니엘은, 정말 아무렇지도 않게, 내 감정의 강도가 부럽다고 속내를 털어놓았다. 그게 무슨 말이냐고 되묻자, 자기는 기억이 닿는 아주 옛날부터 평범한 감정 비슷한 것조차 느껴보지 못했다고 했다. "행복하거나 슬프거나 혼란할 때 사람들이 느끼는 게 뭐든, 나는 못 느껴. 느껴지지가 않아. 느껴본 적이 없어. 꼭 마음속

어딘가에 누수구가 있어서, 그리로 감정이 줄줄
흘러나가버리는 것 같다고."

"하지만 내가 농담하면 웃기도 하잖아." 나는 말했다.
"그 휠체어 탄 여자애가 식당에 들어올 때 얼른 달려가서
자리도 찾아주고. 사랑을 나눌 땐 뜨겁고 열렬하잖아."

그의 미소는 서글펐다. "그건 그냥 멀쩡한 척하는 거지.
오랜 세월 사람들이 다양한 상황에서 어떻게 행동하는지
연구했거든…… 그래서 흉내 내는 법을 혼자 터득했어.
같이 잤던 여자들도 날더러 좋은 애인이라고 했지만(당신도
그렇게 말했지) 피차 다 알 듯이, 뇌는 무반응이라도 몸은
반응하잖아. 오르가슴에 달하기만 하면 그길로 자리를
뜨고 싶어지는데, 그래도 느껴지지도 않는 다정한 마음을
표현해야만 하지. 그래, 심지어 당신이랑도 마찬가지야.
결국 여자들은 다 나를 떠나지, 당신도 날 떠날 테고,
그렇게 된대도 외롭지도 않을걸. 그저 피로감만 들겠지.
죽도록 피곤할 거야. 당신도 그 말 알지, 기아성 쇠약인가?
병적인 무기력? 그 단어에 내 이름이 새겨져 있어."

갑자기 내 젊은 심장은 호사스러운 연민으로 가득
차올랐다. 그때 내 눈에 비친 그는 어떤 영웅적 상처, 희생,
실존적 손상의 낙인이 찍힌 불행한 존재였고, 그 시련
속에서 시적으로 아름다웠다. 심지어—이 지점에서 그

매력은 위험해지는데—남은 인류의 구원을 위한 어떤 신화적 짐마저 젊어진 듯했다. 나는 영원히 그를 저버리지 않겠노라 침묵의 맹세를 했다.

세월이 흐르며 다니엘은 헤아릴 수도 없이 나를 배신하고 기만하고 내게 사기를 쳤다. 대놓고 바람을 피웠고 공공연히 망신을 주었으며 휴가를 망치고 은행 예금마저 빼돌렸다. 그러나 도돌이표처럼 나는 새삼 번번이 그에게 유혹당했다. 대화에 생명을 불어넣는 그의 능력이 안쓰러울 정도로 공허한 그의 내면과 손을 잡고 나를 도망치지 못하게 꼭 붙들어맸다.

그 오랜 세월 내가 끝끝내 파악하지 못한 진실은, 다니엘과 조화를 이룰 때만 찾아들었다 사이가 서먹해지면 사라져버리는 특별한 행복의 감각에 나 자신이 중독돼버렸다는 것이다. 흡사 그를 알게 되면서 나 혼자선 알아볼 수도 없고 충족할 수도 없는 어떤 원초적 굶주림이 의식의 표면으로 떠오른 듯했다. 그럴 때면 마음속을 표류하는 느낌이 들었는데, 전에는 한 번도 겪어보지 못한 느낌이었다. 그걸 깨달았더라면, 그럴 수만 있었다면 얼마나 좋았을까. 나는 우리 사이의 신뢰라는 낭만적 이상에 속박되어 있었고(그러나 다니엘은 상습적으로 그 이상을 배신했고), 땅에 단단히 발 딛고 서 있다는 망상을 지탱하기 위해 꼭 필요했던 구실을 전부 그 낭만적 이상에서 얻었지만, 실제론 그동안 줄곧 맨몸으로 추락하고 있었다.

　보엔은 사실 찰스 리치를 만나기 오래전부터 이미 소설 속 등장인물들에 그를 적어 넣고 있었다. 그리고 그 어디에서보다 1935년 출판된 『파리의 집』의 주인공 맥스에게 또렷하게 새겨 넣었다. 이 역시 뚜껑 덮인 삶을 비극적으로 탐구하는 소설이었다.

　파리의 집은 피셔 부인과 딸 나오미의 소유다. 수지타산을 맞추기 위해 두 여자는 파리에서 한 철을 보내는 영미권 상류층 여자들에게 세를 준다. 이야기가 시작되기 15년 전(1920년대쯤) 열여덟 살의 영국인 캐런 마이클리스도 그런 여자였다. 캐런과 나오미는 금세 친구가 되어, 음울하고 범접하기 어려운 분위기를 풍기는 프랑스계-영국계-유대계 혈통의 청년 맥스에 대해 끝없는 이야기를 나눈다. 은행에서 일하는 맥스는 피셔 부인을 만나러 그 집에 온다.

　5년 후 맥스와 나오미는 약혼한 사이가 되어 런던에 나타난다. 캐런에게도 결혼을 약속한 남자가 있다. 같은 계급의 영국 남자 레이다. 맥스도 캐런도 결혼할 상대에게 열정이 없고, 런던에서 만난 둘은 옛날이나 지금이나 변함없이, 서로에게 애달프게 끌린다는 걸 깨닫는다. 몇 주 후 둘은 은밀한 만남을 갖고 사랑의 하룻밤을 함께 보낸 후 비극적 운명을 개탄하며 이별한다. 파리로 돌아와 나오미와 파혼한 맥스는 피셔 부인에게 독설을 듣고 무시무시한 자기혐오에 사로잡혀 곧 자살한다. 한편 캐런은 임신하고 신경쇠약이 생겨 아기를 입양 보낸 후 레이와 결혼한다.

보엔의 재능 넘치는 손길로 이 멜로드라마 같은 이야기는 차마 표현할 수 없고 현실화할 수는 더더욱 없는 삶을 살아가는 모든 이를 위한 은유로 화한다. 형체를 알아볼 수 없을 정도로 일그러진 삶을 살아가는 쪽은 캐런이 아니라 맥스고, 그들이 갇혀버린 희망 없음의 상태를 표현할 책무를 떠맡은 이 또한 맥스다. 맥스는 어쩌다 나오미와 약혼하게 되었는지 그 사연을 말해주며 자기 상태를 표현하기 시작한다.

태생이 아웃사이더인(그 한 방울의 유대인 피가 괜히 있는 게 아니다) 맥스는 평생 자기 내면에서 정처 없이 표류했다. 스스로를 운 없는 자로 낙인찍은 그는, 한편으로 신중하고 다른 한편으로 교활하다. 주변인의

삶에 절망하고, 부적절한 욕망에 괴로워하며, 한순간도
자기 자신과 화해하지 못한다. 어느 날 맥스는 캐런에게
이야기한다. 나오미와 함께 파리의 집 거실에 앉아
있었다고, 늘 그렇듯 이야기를 나누고 있었다고. 나오미는
뜨개질을 하고 자기는 권태롭게 누워 있었다고. 나오미가
마음에 담아둔 속 얘기를 해보라고 부추겼고, 이야기를
하는 동안 자기를 안쓰러워하며 연민하는 그의 속마음이
투명하게 빛나더라고 했다. 느닷없이 맥스가 말한다. "나의
굴욕, 우스꽝스러움, 자기기만을 돌아보자 다른 것들이
무서워졌어. 항상 사람들의 의심을 사면서 자기한테 그럴
만한 이유가 있음을 안다는 게 어떤 건지 당신은 몰라.
기댈 벽이 하나도 없다는 게 어떤 건지 당신은 모른다고."
그리고 맥스는 나오미의 연민이 "유일하게 기분 상하지
않는 연민"이라는 사실을 깨닫는다. "……나오미가 앉아
있던 의자로 가서 결혼해달라고 했어."

그 말을 들으며 캐런은, 맥스 자신도 피셔 부인이나
나오미와 맺은 동맹이 얼마나 불경한 것인지 잘 알고
있지만, 어쩔 수 없이 그 동맹에 전력으로 매달려야
한다는 것 또한 절실히 간파하고 있음을 알게 된다. 자기
자신과 덩그러니 홀로 남을까 두려워하는 마음, 존재하지
않는 자아.

항상 사람들의 의심을 사면서 자기한테 그럴 만한 이유가 있음을 안다는 게 어떤 건지 당신은 몰라.

보엔의 작품에서 내 마음을 울린 모든 인물 중에, 나로 하여금 심연의 끝에 서 있다는 느낌에 젖게 만든 이는 단연코 맥스였다. 그 누구보다 맥스를 통해 의식 자체의 원초적 공포가 생생하게 살아난다. 이 공포는 우리가 만에 하나 온 존재의 핵심에 다다르더라도, 거기서 보게 되는 건 무無일 거라는 회의에 뿌리박고 있다. 그것은 허무다.

몇 년 전 어느 밤에 다니엘이 느닷없이 우리 집 문 앞에 나타나 왜 그토록 오랜 세월 자기가 주변을 맴돌게 내버려두었는지 알고 싶다고 했다. "이 관계에서 당신이 얻은 건 뭔지, 그건 알아냈어?" 그는 물었다.

다
섯

보엔 이후로 나는 '두려움dread'이라는 말이 빈번하게 쓰이면 이야기가 자기소원self-estrangement의 서사에 기대고 있구나 생각하게 되었다. 문화적 소원cultural estrangement의 서사가 주축이 될 때 뇌리에 즉각 떠오르는 단어는 '불안Angst'이다. 불안은 물론 두려움만큼 영혼을 잠식하지만 문학적으로는 조금 다른 관심사에 소구한다. 불안이 등장하면 모더니즘의 전의轉意, trope는 뒷자리로 물러난다. 불안에 사로잡힌 사람들은 실존적 허무에 골몰하기는커녕 소외의 절망을 달변으로 표현하느라 여념이 없다.

우리 세대는 20세기 전환기에 미국이란 나라에 도착한 유럽계 유대인들이 낳은 마지막 아이들이다. 우리는 불안에 찌든 변방의 삶을 산 부모 세대의 경험에 휘둘려 일평생의 궤적이 크게 좌우되었고, 집단적으로는 상당히 일찍부터 미국에서 유대인으로 산다는 것이 무슨 의미인지를, 몇 세대에 걸쳐 거듭거듭 주변으로 떼밀려 나는 느낌이 어떤 건지를 문학적으로 기록하기 시작했다. 이 이야기는 처음에 『데이비드 러빈스키의 출세*The Rise of David Levinsky*』(1917)처럼 정공법을 쓴 이민자 소설들을 통해 전해지다가 자의식적으로 시적인 글쓰기인 『그것을 잠이라고 부르라*Call It Sleep*』(1934)로 이어졌고, 1950년대와 1960년대에 이르러서는 이 기획에 언어의 지형을 바꾸는 천재성이 투입되어 문학사를 새로 쓴 솔 벨로와 필립 로스의 작품들로 귀결되었다. 그 후로는 동화同化가 진행되어 집단 전체로서의 경험이 더는 진지한 작가들의 관심을 끌지 못하게 됐다. 더 이상 살아 있는 현실이 아닌 문제에 아무도 뜨거운 분노를 쏟을 수 없었다. 물론 분노는 유대계 미국인의 글쓰기에서 필요 불가결한 조건이다.

최근 나는 유대인 정체성을 중심에 두고 글을 쓴 미국인들의 거대한 작품세계를 자주 생각하는데, 이것이 과연 경험의 증언을 실제로 얼마나 훌륭하게 영속적 문학작품으로 탈바꿈시켰는가에 대해서는 회의하게 된다. 어쨌든, 끝없는 불평으로 얼룩진 불안, 구질구질한 애원을

가까스로 숨겨주는 아이러니, 화자를 제외한 모두의 공감
능력을 박탈하는 유의 풍자로 점철된 한 무더기의 산문이
궁극적으로 어떤 성취를 얼마나 이룰 수 있겠는가 말이다.
얼마나 깊이 파고들고, 얼마나 멀리 다다를 수 있으며,
얼마나 오래 버티고 살아남을 수 있겠는가?

그리고 아, 맞다, 내가 했던 생각이 하나 더 있다.
작가로서 성장하던 시기에, 대체 어째서 나는 작품을
'미국에서 유대인으로 살아간다는 것'의 맥락 안에
놓아야겠다는 생각을 한 번도 하지 못한 걸까?

내가 젊은 여자로서 읽은 한 작가는 이제 보니
유대계 미국인의 글쓰기가 과거의 수동성과 미래의
후츠파chutzpah* 사이에 붕 떠 있던 시기 어떤 문화적
균형점에 섬세하게 걸려 있던 역사적 순간의 상징 같다.
그는 바로 델모어 슈워츠다. 젊은 시절에는 슈워츠를
문학적 부흥의 명백한 사례로 읽었지만 지금은 그렇지
않다. 오늘날 보니 슈워츠는 자기가 쓰는 유의 글이

---

* 무례하고 대담하며 뻔뻔스러우리만큼 '저돌적인' 유대인 특유의 도전 정
신. 형식과 권위에 얽매이지 않고 끝없는 질문과 토론을 통해 해법을 찾아
가는 태도.

어디로 향하는지 알았으면서도 그리로 가지 않으려
멈칫거렸던 작가 같다.

델모어 슈워츠는 1913년 영어보다 이디시어를 더 많이
쓰는 브루클린의 어느 가정에서 태어났고, 이 가족과
세계의 관계는 거주지의 문화를 불편해하는 이민자들의
특징인 거친 조잡함과 주도면밀한 교활함의 혼합물이었다.
델모어―모두가 그를 델모어라고 부르므로 나도 그렇게
부르려 한다―는 출세지상주의적인 유대계 지식인
세대를 표상하게 되었는데, 이들의 글쓰기는 조숙하고도
경건했고 전례없는 독창성을 과시하면서도 문화의
수호자를 표방했다.

20대 중반의 델모어는 이미 뉴욕의 문학적
인텔리겐차들 사이에서 존재감을 뚜렷이 드러낸
걸물이었다. 빛나는 신동인 데다―이민자 문화, 대도시
골목에서 자라난 아이다운 특유의 빠삭한 현실감각, 유럽
문화라면 정신을 못 차리고 숭배하는 태도로 특징되는―
비범한 성격하며, 쉴 새 없이 폭포처럼 쏟아내는 말은
사람들을 홀리고 넋을 홀랑 빼놓았다. 솔 벨로의 소설
『험볼트의 선물Humboldt's Gift』에 나오는 델모어는 흡사
직접 만나 겪은 사람처럼 선연하게 그려진다. 이 책의 주요
등장인물은 찰리 시트린(별로 위장할 생각도 없어 보이는

솔 벨로)과 시인 폰 험볼트 플라이셔(아예 위장조차 하지 않은 델모어 슈워츠)다. 1940년대 초반 언젠가 하룻저녁의 대화를 소개하면서 시트린은 험볼트의 달변을 맛보기로 슬쩍 보여준다.

"논거를 쌓고, 공식을 만들고, 논쟁하고, 온갖 발견을 하며 험볼트는 언성이 높아졌다, 목이 메었다, 또 언성이 높아졌다. (…) 그는 진술에서 레치타티보*로 넘어가더니, 레치타티보에서 아리아로 날아올랐다. (…) 그 남자는 내 눈앞에서 광기를 넘나들며 낭송과 노래로 자신을 표현했다." 처음에는 정치였다. 아이젠하워, 매카시, 루스벨트, 트루먼(당연하다, 1940년대였으니까)에 대한 장황하고 열렬한 논설이 이어지다, 다음에는 대중문화가 온다. 당대 타블로이드 칼럼니스트들, 월터 윈첼, 얼 윌슨, 레너드 라이언스, 레드 스미스. 그러다 로멜 장군으로 넘어가고 로멜에서 존 던과 T. S. 엘리엇으로 넘어간다. 그러다 "아인슈타인과 자자 가보의 명언들을 논하며 폴란드 사회주의나 [미국] 풋볼의 전략이나 (어찌 된 영문인지 몰라도) 중고차 사업을 인용한다. 부잣집 녀석들, 가난한 녀석들, 유대인 녀석들, 게이 녀석들, 코러스걸들,

---

* 오페라나 종교극 등에서 대사를 말하듯이 노래하는 형식.

매춘과 종교, 올드머니, 뉴머니, 신사 클럽, 백베이, 뉴포트, 워싱턴 광장, 헨리 애덤스, 헨리 제임스, 헨리 포드, 십자가의 성 요한, 단테, 에즈라 파운드, 도스토옙스키, 매릴린 먼로와 조 디마지오, 거트루드 스타인과 앨리스 B. 토클라스, 프로이트와 페렌치 샨도르".

여기서 우리는 열정 넘치는 재능과 속사포 같은 달변을 갖추었으나 모더니즘이 형성한 문학적 문화에 봉사하는 것만이 자신의 소명이라고 뼛속 깊이 믿고 있는 뉴욕 유대인의 고전적 초상을 본다. 제2차 세계대전이 끝나고 10년 이내로 험볼트는 이 소진된 천재성을 '문화의 지형을 바꾼 고별사'에 쏟아붓게 될 테지만, 1930년대와 1940년대만 해도—그리고 나는, 이것이야말로 델모어 슈워츠의 궁극적 의미라고 생각한다—고급 지성과 토착 방언은 오로지 사적인 자리에서만 혼합해 쓸 수 있었다. 유대인에 관한 글을 쓸 수는 있어도 유대인 같은 말투를 쓰는 건 전혀 다른 문제였다.

델모어의 중편 『세계는 결혼식이다*The World Is a Wedding*』는 작가가 신경종말까지 속속들이 이해하고 있던 상황에 바탕을 두고 있으며, 그런 제약이 부과한 고초와 특혜를 전부 투명하게 묘사한다. 어찌된 영문인지 소설 속 주인공들은 완벽히 형태를 갖춘 문장들을 거치며 속내를 드러내기는커녕 그 문장들에 갇혀버린 형국이 된다.

그런데 작가는 어떻게 보면 이런 신세를 자초한 인물들을 야유하는 것 같기도 하고, 또 다르게 보면 그들과 공감하는 것 같기도 하다. 그리고 책을 읽는 우리는, 독자적 성과를 이룩하자마자 가차 없이 폐기될 운명인 이 유대계 미국인 문학에 뜻밖의 애틋하고 여린 감수성이 잠재되어 있었음을 실감하고 화들짝 놀란다.

(폴 굿맨*을 모델로 했다는 얘기가 돌지만 분명 델모어 자신의 대역이기도 한) 『세계는 결혼식이다』의 주인공은 러디어드 벨이라는 이름의 천재 사회부적응자다. 문학을 창작하고 그 문화적 의미를 생각하며 일생을 보낸다는 건, 러디어드에게 소명을 넘어 책무다. 예술가와 지식인에게는 자신을 꼬드기는 대중과 중위문화의 손짓을 거부할 의무가 있다. 이런 문화들이 우리가 아는 문학의 죽음을 예언하기 때문이다. 마찬가지로 러디어드는, 평범한 독자 대신 시를 흥성하게 하는 문화를 내면에 보존하는 게 비평가의 과업이라고 스스로를 다잡는다. 대공황의 정점에서 대학을 졸업하게 된 러디어드는 직업을 구하기엔 창작이 너무나 중요한 과업이라는 결론을 내린다. 그래서

* Paul Goodman, 1911~1972. 미국의 문학가, 사회비평가, 공공 지식인. '신좌파들의 철학자'로 불리며 건설적 아나키즘을 주창했다.

집에서 지내며 희곡을 쓴다.

고모는 희곡작가로 인정받을 때까진 공립학교 교사로
일하는 게 어떠냐고 했지만 러디어드는 (⋯) 희곡작가란
고결하고 어려운 전문직이라 반드시 몸과 마음을
다 바쳐 임해야 한다고 말했다. 그러자 네 살 때부터
남동생 뒤치다꺼리를 도맡아온 로라 벨이 러디어드는
천재라서 생계를 책임질 의무는 지우지 말아야 한다고
받아친다. 러디어드는 누나의 입장을 자연스럽고
불가피한 것으로 받아들였는데, 그만큼 자기 자신, 특히
다른 인간을 매료시키는 자신의 힘을 굳게 믿고 있었던
것이다. 그러니 어떻게 보면 교사 일로 밥벌이를 하진
않겠다는 이 결단이 동아리의 시작이었다.

동아리는 20대 후반, 30대 초반 지식인을 자처하는
청년들의 모임이다. 경제 대공황에 발목 잡혀 직업 면에서
제자리걸음만 해야 하는 정체 상태에 처해 있던 이들은
매주 토요일 저녁 로라의 아파트에서 만나 서로의 상처를
핥아주면서, 겉으로는 그걸 예술, 문학, 철학을 논한다고
표현한다. 이들 중에는 무직의 철학자 지망생, 직장 없는
기자(역시나 지망생), 초등학교 교사 두 명, 회사 사장 한

명이 있다. 모두 유대인이며 모두 문학적 야심을 품고
있다. 백화점 상품 구매 일을 하는 로라가 유일하게 돈을
버는 사람이다. 남편감을 찾지 못했다는 억하심정을 품은
로라는 이 무리를 위해 한밤중에 식사를 준비하며 술을
마시고, 이따금 그리스 비극의 광란하는 코러스처럼
인생은 불공평한 거라고 고래고래 악을 써대곤 한다.
생계를 위해 교사가 되진 않을 거라는 러디어드의 선언은
이들에게 사람들이 오로지 밥벌이에 매진하는 조야한
세상을 거부하겠다는 고결한 결심을 표상한다. 러디어드
본인의 표현을 빌리자면, "우리에게는 (…) 수용하는 것보다
거부하는 게 더 중요하다". 이 신조 하나만으로 토요일
밤의 회합은 생래적 우월성의 방증이 되고도 남는다.

　문학적 재능과 철학적 지성의 숭배에 완전히
빠져버리면서, 동아리 성원들 사이에선 자기보다
남들이 더 뛰어날지도 모른다는 불안감이 커져만 간다.
이 불안으로 말미암아 이들 모두의 입에 오르내리는
터무니없이 제왕적인 말투가 생겨나고, 조잡하기 짝이
없는 사회적 행동이 정상적인 것으로 통하게 된다.

　하나하나씩, 이야기 속 다른 등장인물의 마음에 비친
동아리 성원의 심리가 낱낱이 해부되고, 독자는 그들이
저마다 나름대로 자기와 타인을 (속으로나마) 구별 짓는

데 골몰하고 있다는 걸 알게 된다. 자기와 가장 닮은 사람에게 반발심을 갖는 것 말고는, 자기를 정의할 그 어떤 수단도 없는 사람들인 것이다. 예컨대 제이컵 코언은 이 집단에서 가장 마음이 너그러운 인물로, 주중에 도시의 거리를 걸으며 친구들을 생각한다. 그는 마치 "친구들을 통해서, 서로의 공통점과 차이점과 다양성을 통해서 자기 운명을 알 수 있을지도 모른다는 느낌을 타고 앞으로 앞으로 나아가는" 것만 같았다. 그런 제이컵의 생각은 뭘까?

프랜시스 프렌치는 강박적으로 섹스에 매달려 자기를 파괴하는 오만하고 꽉 막힌 동성애자다. 에드먼드 키시는 상대를 바보로 아는 속마음을 내놓지 않고는 그 어떤 논점도 펴질 못한다. 마찬가지로 퍼디낸드는 부모 세대를 향해 느끼는 "경멸과 우월감이 (…) 근본적 동기"인 소설만 쓴다. 거기에 아둔해빠진 천치 마커스 그로스도 있다. 러디어드가 자기 희곡의 철학적 천재성을 자화자찬하자(원래 한 번씩 그런다) 마커스는 그 희곡들이 내용이랄 게 없어서 상연이 안 되는 거라고 대꾸한다. 그 말에 러디어드는 블레셋인*이라고 반격하고, 모든 사람이 일제히 떠들어대기 시작한다. 얼마 후 누군가, 허구한 날 밤마다 이 자리에 왔어도 제대로 된 문장 하나 끝까지 말해본 적이 없다고 투덜거린다. 그러자 로라가 부엌에서 고함을 친다. "난 1928년 이후로 끝까지 말해본 문장이 없어." 아, 로라! 그는 한집에 사는 러디어드가 아침 식탁에선 신문을 저녁 식탁에선 책을 읽느라 아침에도 저녁에도 자기랑은 말을 섞지 않는다고 불평한다. 그러자 러디어드는 말한다. "대체로 독서가 [대화보다] 더 우월한 행위거든. 작가가 다른 인간보다 더 우월한 것처럼 말야."

이 중편은 자기네끼리 보상 심리로 만들어낸 풍선 속에서, 외부 세계의 무관심이라는 정적靜寂으로 밀봉된 채 살아가는 아웃사이더들이 얼마나 초현실적인 면모를 띠게 되는지를 야무지게 포착해 보여준다. 고도의 지능과, 지능보다 더 큰 야심을 지닌 사람들에게는 으레 굴욕적인 상황이지만, 고립에 갇혀 지독히도 비열한 편협성까지 길러버린 이 열성적인 성격 파탄자들은 더더욱 손쉽게 정체 상태에 빠져든다. 오로지 제이컵만이 이 상황에 내재한 페이소스를 알아본다. "우리 모두 꼼짝도 않고 그대로 굳어버렸다. (…) 에스컬레이터에 타고 있는 것처럼, 시간은 흐르는데 우린 아무런 움직임 없이 가만히 있었다."

* 고대 팔레스타인 민족 가운데 하나로 기원전 13세기 말 팔레스타인 서쪽 해안에서 거주하며 이스라엘인과 갈등했다. '속물' '원수'라는 뜻으로도 쓰인다.

예전에는 『세계는 결혼식이다』의 이런 정체 상태에
개연성이 있다고 생각했지만, 지금은 생각이 달라졌다.
몇 년 전엔 진실하고도 중요하다 여겼던 상황이 이제는
차라리 캐리커처처럼 보인다. 러디어드만 해도, 옛날의
내가 (바보같이 젠체하는 짓거리까지 전부) 과하다 싶을
정도로 열광했던 캐릭터다. 하지만 이제 다시 읽어보니
싸구려 리턴 스트레이치*가 따로 없다. 천재성을
알아주지 않는다고 불행해하며 꺽꺽 울어대는 소리라니,
감동적이긴커녕 황당하다. 하지만 역사적으로 보면 이
중편에도 의미가 있다.

그 눈부시게 반짝이는, 가차 없이 단도직입적인
산문을 쓰기 시작했을 때 솔 벨로가 원한 건 고급문화에
봉사하는 일도, 유대인의 망신살을 덜어주는 일도
아니었다. 다만 지면이 파열되도록 자기 삶의 맛을
담아내고자 했을 뿐. 상류층의 표준 영어로는 결코
전달할 수 없는 맛, 그 맛을 전하려면 독자적인 언어가
필요했다. 규칙을 깨뜨리고 위반을 조장하는 지극히

---

* Lytton Strachey, 1880~1932. 영국의 전기작가. 위대한 인물의 허세를
꿰찌르며 그 존재를 실제보다 축소하곤 했다. "삶에 대한 제한된 시야"가
결함이 되어, 작품 활동을 할 때도 사후에도 거센 비난을 받았으나 유머
와 재치가 담긴 영문학의 현상으로 평가받기도 한다.

수행적인 발화가 필요했다. 이 긴박한 요구에 따라 가시 범위 내의 모든 캐릭터가 그야말로 마구잡이로 희생되었지만(거기엔 일말의 감정이입도 없었다), 솔 벨로의 글은 책장을 한 장 한 장 활활 태운다. 반면 인간적으로나 시대적으로나 그런 무도함의 근처에도 못 가는 델모어는, 차마 기리지도 저버리지도 못할 애틋한 여린 마음에 발목 잡혀 절뚝거린다. 자신의 인물들을 얼마나, 어디까지 세상의 판단 앞에 내던질지 끝내 마음을 정하지도 못했다. 도저히 자기 캐릭터들을 사랑할 수 없었지만, 늑대 무리에 먹잇감으로 던져주자니 그 또한 차마 견딜 수 없었던 것이다. 델모어 슈워츠의 소설은, 글의 심장에 자리한 이 머뭇거림으로 정의된다. 한때 나는 그것이 그 이야기들에 시적 활력을 부여한다고 생각했으나 이제 보니 그건 자아실현을 가로막은 무능력의 원인일 뿐이었다. 작가가 글감에 온전히 투신하지 못하게 방해하는 한껏 꾸며낸 자의식에 절여져 있었기 때문이다. 이 한계가 마음을 울렸음은 물론 교훈적이기까지 했다니, 나는 거기에 소스라치고 말았다.

　1970년대 후반엔 이스라엘로 여행을 떠났다. 그 나라에

관해 책 한 권 분량의 일인칭 저널리즘 산문을 쓰는
과업을 떠맡아 의욕이 충천했다. 보이는 그대로, 현장에서,
일상의 평범함을 그려내고자 했다. 그런데 나는 영영 그
책을 쓰지 않았다. 그때 난 내가 아는 누구보다 경이롭고
대단한 사람들을 만났고, 지구상에서 가장 숨 막히는
풍경들을 보았으며, 사방에서 살아 있는 역사를 느꼈다.
그러나 이스라엘에서 지낸 몇 달 동안, 아무리 애를
써도, 써먹을 수 있는 정체성의 갖가지 요소(유대인, 여성,
미국인)를 모조리 동원해봐도 도저히 그곳과의 접점을
찾을 수가 없었다. 이디시어를 쓰는 세속적 유대인 집안
자식인 내게, 히브리어는 다른 외국어와 마찬가지로
아무 의미가 없었다. 여성으로서 나는, 심지어 모국보다
성차별주의가 더 심한 나라에 와 있다고 느꼈다. 개성을
중시하는 미국인으로서 나는, 그 문화의 끔찍스러운
부족주의를 도저히 극복할 수 없었다.

  이스라엘에 체류할 때 하루는 그 나라의 위대한
이야기꾼을 만났다. A. B. 예호슈아*의 저작은, 당시
내게 생소했다. 뉴욕의 친구가 소개 편지를 써주었다.
그 덕에 작가가 삶과 가르침의 터전으로 삼았던 도시

* Avraham Gabriel Yehoshua, 1936~2022. 이스라엘의 소설가, 수필가,
극작가.

하이파에 머물게 된 어느 날 오후 그에게 전화를 걸었고, 곧바로 초대를 받았다. 내가 찾아갔을 때 예호슈아는 책상에 앉아 있었다. 엄청난 거구, 인상이 강한 얼굴, 숱이 북실북실한 검은 곱슬머리의 40대 남자였다. 그는 고개를 들어 나를 올려다보더니 은근한 저의를 품고 언성을 차츰 높여가며 말했다. "그런데 왜 아직도 디아스포라로 사는 겁니까? 당신이 속한 여기 이 땅에 살지 않고?" 나는 소리 내어 웃었다. "설마, 농담이시죠." 내가 말했다. 그는 농담일 리가 있겠냐면서, 미국에서의 내 삶은 언제라도 나를 저버릴 수 있는 기독교 국가에 사는 위험한 삶이라고 했다. 바로 지금 이 순간, 나는 비좁은 해변에서 바다를 등지고 서 있는 처지이고, 고이goy(이교도)들이 시시각각 전진해오고 있다고 말이다.

그와 만난 한 시간가량, 나는 거의 입도 벙긋 못하고 예호슈아의 장광설에 들볶였다. 그는 나를 만난 이후로도 40년에 걸쳐, 똑같이 일장연설을 늘어놓으며 이스라엘 국가에서 벗어나 살기를 고집하는 전 세계 유대인들을 끈질기게 들볶았다. 이 글을 쓰는 지금까지도, 때가 되면 나타나 노골적인 멸시로 얼룩진 목소리를 드높여가며 오로지 이스라엘 사람만이 완전한 유대인이라고 고대 예언자처럼 호통을 친다. 다른 유대인들은 반쪽짜리 유대인이고, 사는 나라의 날씨에 맞춰 옷 갈아입듯 유대인 정체성을 입었다 벗었다 한다나. 그런 말을 듣는 건 괴로운 일이다. 손에 총을 든 채 심장엔 살의를 품고 남의 땅을 자기 땅이라고 우기는 웨스트뱅크 정착민이 하는 소리처럼 들리기 일쑤니까. 그 소리 배후엔 절로 몸을 옹송그리게 하는 폭력배가 도사리고 있다.

이스라엘 여행을 다녀오고 나서 몇 년에 걸쳐 예호슈아의 소설에 감응해보려 했지만 번번이 실패했다. 뇌리에서 그 폭력배의 육성이 한시도 떨쳐지지 않는 바람에 도저히 책에 집중할 수 없었다. 그러다 얼마 전 어느 날, 이 강성 중의 강성 시오니스트의 초기 단편집을 다시 꺼내 들었는데—도무지 알 수 없는 이유로—이번에는 편견의 껍질이 떨어져 나가며 내 앞에 작가의 모습이 나타났다. 대중 선동가이긴 해도, 이 작가는 쓰려고 작정하고 앉으면 공적 자아를 지배하는 정치적 수사보다는 자기 딴에 절박하게 느끼는 인간 실존의 감각에 예를 갖춰야 한다는 의무감을 느끼는 게 틀림없었다. 나는 한낮에 책을 읽기 시작해 마지막 소설의 맨 끝 페이지까지 내처 읽었다. 정신을 차려보니 무릎에 책을 올려놓고 수의라도 씌운 듯 어둠에 휩싸인 방 안을 물끄러미 응시하고 있었다. 신비하게도, 어둠이 안쪽에서부터 밝아진다는 느낌이 들었다.

이 선집에 실린 단편은 전부 감정적 단절에 관한 얘기로 결혼생활과 우정을 다루는데, 예호슈아가 뿜어내는 국가주의적 수사들과는 동떨어진, 낯선 실존적 고독에 침윤돼 있다. 이 단편들은 치열하리만치 구체적이면서도, 독서 경험의 심도를 기어이 확보하는 비실체적 암시성을 지니고 있다. 이 글들은 인간이라면 누구나 아는 상실과 고통의 심리적 영토로 깊이 잠수하고자 하는, 그리하여 1970년대의 어느 뜨거운 여름날 아침 텔아비브의 텅 빈 아파트에서 식은땀을 흘리며 잠에서 깨어나는 병든 남자와 같은 국지적인 상황을 은유로 활용할 줄 아는 작가의 작품이었다. 이 이야기들은 우리에게 말한다. 이 시각 이 장소에서, 우리가 여자 남자라 부르는 생명체들이 **바로 이런 식으로** 플라톤의 동굴을 막 벗어나 맹안으로 더듬거리며 나아가고 있노라고. 그것은 감정적 반사신경이 멀쩡한 사람이라면 누구라도 어서 와서 이 경험을 만끽하라고, 독자를 환대하고 있었다.

예호수아의 캐릭터들을 하나로 합친 인물이 내 상상력을 집요하게 괴롭혔다. 그는 머리숱이 없어지고 있고, 안경을 썼으며, 학위 논문을 쓰고 있지만 마치지는 못했고, 최근 5년간 한 번도 여자랑 자보지 못했다. 그는 비딱하게 예루살렘의 길거리를 걷고 있고, 머리 위로 불타는 태양의 열기와 눈부신 빛이 사위를 에워싼 정적을 두 배로 증폭시킨다. 이만큼 덥고 이만큼 외진 지역이 아니면 생겨날 수 없는 정적. 그것은 곧 내면의 정적이다.

이 캐릭터의 다른 판본은 작가의 가장 강렬한 단편인 「사흘과 아이」Three Days and a Child」의 주인공으로, 그의 본성은 다른 중요한 단편 「길고 무더운 하루, 그의 절망과 아내와 딸A Long Hot Day, His Despair, His Wife and His Daughter」의 주인공에게도 배어들어 있다. 두 작품의 화자는 자기 자신으로서 산다는 것이 불편하다 못해 삶의 일상적 상황들마저 신기루처럼 변해버릴 위기에 처하는데, 독자는 그들 바로 옆에서 그 현장을 함께 겪게 된다. 작가가 그 불편감 깊숙이 우리를 던져넣기 때문이다. 알고 보면 그 불편감은 상황이 아니라 이야기 자체다.

「사흘과 아이」의 화자는 예루살렘에 혼자 사는 고등학교 교사인데, 사랑하지 않는 여자와 동침하고, 가망 없는 학위 논문을 몇 년째 붙들고 있으며, 여름 휴가가 마지막 며칠 남은 시점에, 한때 열렬하게 사랑했던 (그러나 알은체도 하지 않는) 여자의 편지를 한 통 받게 된다. 여자는 그에게 자기가 남편이랑 대학 입학시험 공부를 하는 동안 어린 아들을 돌봐달라고 부탁한다.

지난 몇 년간 에로틱한 굴욕으로 점철된 장황한 판타지의
초점이 되어온 여자였기에 화자는 순순히 그 부탁을
들어주겠다고 답하지만, 막상 문을 열어 아이를 맞자니
억누르느라 더 커져버린 부정적 감정이 뒤범벅된 심정이
된다. 그리고 어린 남자아이와 함께 보내는 사흘간의
기록이 이어진다. "여름의 끝, 땅 위로 뜨거운 사막의
바람이 불고 있다." 화자의 기분은 벅차올랐다가,
곤두박질쳤다가, 깜박이다가, 죽어버렸다가, 되살아났다가,
잠시 쓰디쓴 노스탤지어로 불타올랐다가, 금세 다시
일상의 동반자가 되어버린 무기력 속으로 떨어지길
반복한다.

  그는 아이와 "침묵 속에서 찌개처럼 끓고 있는"
예루살렘을 누비며 배회한다. 동물원에 간 그는 벤치에
앉아 꾸벅꾸벅 졸음에 빠진다. 깨어나 보니 남자아이가
없다. 눈으로 아이를 찾아 헤매다가 자기보다 더 큰
아이 셋을 뒤따라 기울어진 담장 위를 걷고 있는 아이를
포착한다. 그 모습을 무관심이 역력한 눈으로 지켜보면서
남자는 안일하게 생각한다. "딱 한 번만 조심성 없이
굴었다간 목이 뚝 부러져서 땅바닥에 드러눕게 생겼는데."
화자는 이 상황을 전혀 개의치 않을뿐더러 "오히려, 신이
났다!"

하지만 물론, 그는 금세 아이를 구하고 고열에
시달리는 녀석을 다정하게 간호하기까지 한다. 이제 그는
어린아이의 쓸쓸한 처지를 날카롭게 의식하고 있다.
처음으로 가슴에서 정상적인 공감 능력이 꿈틀거리는
것을 허용한 것이다. 그러자 역설적으로 마음속 고립감의
방아쇠가 당겨진다—"확실히 이제는 아이의 외로움보다
내 외로움이 훨씬 더 커져버렸다"—그렇게 그는
자기연민의 늪에 빠진다.

그는 같이 자는 여자와의 사랑 없는 관계를 생각하며
절망한다. "북적거리는 예루살렘 길거리에서 우연히
그를 마주칠 수도 있다. (…) 어젯밤만 해도 우리는 꼭
안고 누워 있었는데, 지금은, 합의라도 한 듯 서로 못 본
체한다. (…) 우리가 이따금 서로를 딱하게 여기는 마음이
그렇게나 크다."

그는 교실로 돌아가던 어떤 순간들을 생각한다. "교실에
들어서고 몇 분이 지나면 태양도 창문을 통해 들어왔다.
햇빛이 내 눈에 직사광선을 쏘았다. 완전히 고문이 따로
없었다."

그러고는 부부에게 전화해 지금 병원에 있는데 아이가
죽었다고 말하는 백일몽에 빠지는데, 여기서 독자는
문제의 핵심으로 끌려 들어간다. 환상 속에서 그가 보는

광경은 다음과 같았다.

병원으로 들이닥쳐, 간호사들 의사들을 급습한다.
면대면 만남.
여자의 근사한, 짓뭉개진 아름다움.
그들은 내 발밑에, 나는 그들의 발밑에. 서로 바짝
들러붙는다.
(…)
이젠 놀랍게도 그들이 나를 붙잡고 놓지 않는다. (…)
그때는 그들이 내게 철썩 달라붙겠지, 나를 에워싸겠지,
자기네 자식이 내 안에, 내 소유로 있기라도 하듯.
나를 아들로 받아주려 하겠지.
왜 사랑—하냐면 내게 절망을 준 사랑이라서.
왜 사랑—하냐면 내게 절망을 준 사랑이라서.

한편 「길고 무더운 날, 그의 절망, 그의 아내와 그의
딸」의 주인공은 마흔두 살의 엔지니어로, 아프리카에서
프로젝트를 수행하며 아홉 달을 행복하게 보내다
오진으로 암 선고를 받는 바람에 할 수 없이 이스라엘로
돌아온다. 재발령을 기다리는 사이 목적 없는 심연에
내던져지면서, 그는 예호슈아의 우울한 수학 교사와

동일한 시공연속체에 위치하게 된다.

아프리카에서는 "고독하게 살면서, 스스로 그것을 자유로 관념화했다". 이스라엘로 돌아온 그는 날마다 자기 나라 자기 가정의 생활에서 절망적인 쓸쓸함을 경험한다.

고국으로 돌아와 처음 맞은 아침—아내와 딸은 직장과 학교에 가고 없다—우리의 엔지니어는 텅 빈 아파트에서 깨어나 전날 밤을 우울하게 곱씹는다. 전날 밤에는 아내와 잠자리에 들었는데, 그해 들어 두 번째 잠자리였다. "그는 아내의 몸을 두 팔로 안으려 했다. 심연처럼 까마득한 피로감이 밀려왔지만 아내와 함께하기로, 사랑을 나누기로 마음을 먹었다. (…) 그러나 아내는 가볍게 그를 밀치며 정수리에 키스를 하고는 옷을 벗고 잠옷으로 갈아입더니 자기 침대에 누웠다. 그는 고집을 세워보려 했다. (…) 그러다 결국 체념했다. 어쨌든, 아프리카로 떠나기 한참 전부터 있었던 문제니까. (…) 그는 포기했다. 아내는 이내 잠이 들었다."

이제 그는 나체로 집 안을 서성인다. "각자 방에 들어가 창짝과 창문을 닫아 열기를 차단한다. (…) 햇볕이 내리쬐는 주방에 들어간 그는 딸이 남기고 간 혼돈에 빠지고 만다. 버터는 식탁에서 녹아내리고 우유는 무더위에 상해버리고 냉장고 문은 제대로 닫혀 있지 않고 말라버린 빵조각에선 잼이 흘러내리고 있으며, 먹다 남긴 치즈 조각이 산더미처럼 쌓인 더러운 접시에 놓여 있다. 앙상하고 부산스런 아이 한 명이 아니라 불량배 한 무리가 쳐들어와서 아침을 먹고 간 것 같다. (…) 그는 주전자를 올려 물을 끓이고, 더러운 접시들을 싱크대로 옮기고 딸이 먹다 남긴 빵조각을 질겅질겅 씹기 시작한다."

천천히, 엔지니어는 불안한 정신의 벼랑 끝으로 스스로를 몰아간다. 사랑 없는 결혼을 우울하게 사색하고, 엉망으로 망가진 차에 들어가 낮잠을 자고, 젊은 군인이 딸에게 쓴 편지들을 빼돌린다. 그러는 내내 반복적으로 잠에서 깨는데, 깨어보면 어김없이 "태양이 가득한 아침"이다. "도로를 물결치게 하고 일그러뜨리는 그 찜통 같은 공기 (…) 태양은 조용히 폭발하고, 산산이 부서져 천 개의 불꽃으로 변한다. (…) 날카로운 빛의 파편들이 그의 두 발 사이에서 파르르 떨리고, 머리 위론 달궈진 숯처럼 뜨거운 천장이 드리워져 있다."

이 단편들은 단 한 페이지도 열기에서 자유롭지 못하다. 태양과 열기. 작열하는 빛과 열기. 표현되지 못한 갈망과 열기. 성기능 부전과 열기. 모든 이야기에 열기가 있다. 열기가 화자를 압박하고 경험으로 몰아간다. 대체로 비슷한 부분들에서, 풍경과 그 안의 사람들(무엇보다 누구보다 그 자신)은 실제라기보다 초현실에 가깝다. 필연적으로 예호슈아가 그리는 이스라엘의 무더위를, 이를테면 카뮈의 알제리나 쿳시의 남아프리카에서 느껴지는 무더위와 비교하지 않을 수 없었다. 그곳의 열기 역시 비현실적 감정과 손잡고, 사람들로 하여금 망망한 황무지의 타오르는 땡볕 아래서 자기 자신과 다른 사람들에게 말로 표현할 수 없는 짓들을 저지르게 만든다. 그러나 예호슈아의 열기는—카뮈나 쿳시의 그것과 달리—불길하지도 않고 살의를 조장하지도 않는다. 그 열기는 오히려 불안하고 우울하며 기력이 소진되어 있다. 예호슈아의 단편들을 탁월하게, 심지어 심오하게 만드는 건 바로 그 소진이다. 그 소진된 피로감은 너무나 깊숙이 흐르고 있어 시간 자체만큼이나 오래된 느낌이다. 본능의 삶이 시작되는 순간부터 거기 있었던 것처럼. 흡사 우리는 자궁에서부터 이미 닥쳐올 앞날을 알아버려서 태어나기 전부터 소진된 것만 같다. 나는 「길고 무더운 하루, 그의 절망과 아내와 딸」의 마지막 페이지를 넘기고 나서 유대계 미국인의 글을 읽을 땐 단 한 단어에서도 느껴보지 못했던 감정을 느꼈다. 그것은 두려움이었다.

본연의 유대인다움Jewishness이 은유적으로 쓸모 있으려면, 유대인이 부수적 정체성으로 규정되어

139

하위계급으로 존재하는 사회가 아니라 문화 전반과 일체를 이룬 일상을 사는 평범한 시민으로 존재하는 장소라야만 한다는 예호슈아의 말은 옳았다. 그래야만 작가가 깊이 잠수해 감정의 황금을 캐내 올 풍부한 함축성이 따라나온다. 나는 델모어와 예호슈아를 짧은 시간 안에 연달아 읽고 나서야 비로소, 유대계 미국인의 저작—본질적으로 아웃사이더의 글쓰기—은 그 특수한 문학적 풍부성을 박탈당했다는, 아니 애초에 가져본 적도 없다는 생각을 하게 되었다.

그러자 자연스레 앞서 했던 생각으로 되돌아가게 됐다. 어째서 나는 나 자신의 글쓰기를 '미국에 사는 유대인'의 문맥 안에 놓으려는 생각을 한 번도 해본 적이 없었을까. 그때 번개처럼 한 가지 생각이 떠올랐는데, 그건 바로 내 성장기에는 남자아이들만이 이른바 미국인이 될 준비를 하고 있었다는 것이다. 여자아이들은 앞으로 미국인이 될 남자아이들과 **결혼**할 준비를 하고 있었다. 유대인 동네를 떠나 사회적 수치에 맞서고, 더 나쁘게는 더 큰 세상에서 한자리 차지하겠다고 싸우게 될 수도 있는 운명은 남자 형제, 남자 사촌, 남자 동급생들의 것이었다. 우리 여자아이들은 집에서 기다리다 그들의 불안을 달래주고 그들의 실패에 공감해주고 그들을 응원할 운명이었다.

내 차례가 되어 유보된 나의 권리, 이를테면 미국인의 생득권 비슷한 것을 내놓으라고 주장하게 되었을 때, 나는 유대인이 아닌 여성으로서 권리를 주장했고, 따라서 내 삶도 은유적으로 느껴지기 시작했다. 물론 유대계-노동계급-이민자라는 정체성도 한때는 돌에 새겨진 듯 공고해 보였던 적이 있다. 그러나 1970년대에 들어섰던 그때, 성별을 잘못 타고났다는 바꿀 수 없는 낙인에 비하면 그건 정말이지 아무것도 아니었다.

선각자적이었던 그 시대를 돌아보며 내가 가장 대단하다고 느낀 점은, 거의 처음부터 여성운동이 본질적으로 철학적이었으며 문제를 실존주의적으로 파악했다는 것이다. 물론, 동일 노동 동일 임금을 외쳤다. 물론, 여남 평등 헌법 수정안을 통과시키라고 주장했다. 물론, 임신중단 합법화와 직장 내 차별 철폐도 외쳤다. 그러나 동시에, 이 모든 현실 정치활동을 아우르고 에워싸는, 가히 측량할 수도 없는, 어마어마하게 심대한 통찰이 있었고, 그 통찰 안에서 삶 자체의 정치성이 하나의 거대한 기표로 이해되었다. 심리학자, 역사가, 정치과학자, 문학비평가가 잇따라 내놓은 페미니즘의

관점들은 여성을 복속시킨 사회적 관습의 중핵에 자리한
불안과 방어기제를 분석했고 그렇게 결국은 인간 조건의
총체를 다루었다. 남자가 완전체 인생을 살 용기를 낼 수
있게끔 여자는 반쪽짜리 인생을 살아야 한다는 사회의
암묵적 협약은, 저 깊이 흐르는 불안이라는 관점을 통해
보자 별안간 이해가 되었다. 이런 불안 때문에, 우주에서
인간은 혼자가 아닐까 하는 의심이 들더라도 제정신으로
그 주장을 밀고 나가기란 거의 불가능하다. 인간의 고독을
두려워하는 마음이 성차별주의의 **강력한 동기**가 된다는
인식이, 근원적 이유를 사유하는 데 관심을 가졌던 우리
사이에서 득세하기 시작했다. 하지만 우린 우리가 이
연결성을 파악한 최초의 페미니스트는 아니란 사실도
금세 깨닫게 된다.

　　나는 엘리자베스 스탠턴이 누구인지도 잘 몰랐다.
19세기 서프러제트 운동가였다고? 수전 B. 앤서니의
친구였다고? 그런데 우리가 결정적으로 중요한 10년을
통과하고 있던 언젠가, 한 페미니스트가 내 손에 스탠턴의
마지막 대중 연설문인 「자아의 고독The Solitude of Self」을
쥐여주었고, 나는 '우리가 이미 이 고지를 점령한 적이

있다는 사실을 깨닫고 충격과 흥분에 휩싸였다.

시간은 1892년 1월, 장소는 워싱턴 D. C., 만석의
컨벤션홀이다. 단상에 선 엘리자베스 스탠턴은 전미
여성 서프러제트 연합 회장직에서 물러나려는 참이다.
이것은 그가 지도자로서 마지막으로 하는 대중 연설이 될
것이다. 스탠턴은 앞에 모인 수천 명의 얼굴을 바라본다.
지난 40년에 걸쳐 응시했던 얼굴도 많다. 거개의 세월
그는 그들과 하나였다. 그러나 서프러제트 투쟁은 서서히
보수적으로 변해갔던 반면, 그는 변함없는 급진주의자로
남았고, 이미 아주 오래전부터 그토록 사랑했던 운동과의
괴리감을 느끼고 있었다. 그 괴리감이 그의 내면에
불러일으킨 끔찍한 외로움은 예전에 한 번도 경험해보지
못한 것이었지만, 결국 그는 그 고립에서 크나큰 깨달음을
얻는다. 과거에는 이성적 추론으로만 알고 있던 바를
감정적으로 이해하게 되었던 것이다.

인간적 연결의 유대는 유약하다는 걸, 그는 처음부터
알고 있었다. 시간, 상황, 변덕스러운 공감 능력의
수수께끼에 쉽게 좌우되기 때문이다. 그러나 예전에는
연결이 정상성의 규준이라는 명제를 단 한 번도 회의하지
않았다. 꾸준하고 항상적인 애착관계가 없는 외톨이가
된다는 건, 비정상성이라는 끔찍이도 두려운 혐의에

자기를 드러내놓고 노출하는 일이었다. 그런데 갑자기 번개같이 한 가지 생각이 떠올랐다. 외로움은 규준이고, 연결은 이상理想이라는 것. 연결은 인간 조건의 규범이 아닌 예외였다. 그는 여성 인권에 오래도록 두루 몸 바쳐온 삶에서 비범한 통찰을 숱하게 얻었지만, 그 무엇도 이보다 더 강력하고 시사적일 순 없었다. "여자들이 아무리 기대고 보호받고 지지받는 쪽을 선호하더라도, 남자들이 아무리 간절하게 그렇게 해주고 싶어하더라도, 결국 생의 여정은 혼자 떠나야 합니다. (⋯) 고독한 여행자가 여자든 남자든 그건 상관없습니다. 여남 모두에게 공평하게 재능을 내려준 자연은 그들로 하여금 위험이 닥치면 각자의 기술과 판단력으로 헤쳐나가게끔 할 테고, 여자든 남자든 능력이 없으면 공평하게 죽을 테니까요."

긴 평생을 살아오면서 원치 않는 고독이라는 문제에서만큼은 자연과 문화가 전례 없는 수준으로 결탁했음을 알았다고, 그는 말했다. 인간은 날 때부터 설명할 수도 이해할 수도 없는 수치의 심리에 속박되고, 그 수치의 심리는 우리가 최악의 곤경에 빠져 동반자의 위로를 갈구할 때 그리로 손을 내밀지 못하게 방해한다. 우리는 취약한 우리 자신을 곤욕스러워한다.

우리가 맛본 가장 쓰디쓴 좌절, 가장 찬란한 희망과 야심은 우리 자신 말고는 아무도 모릅니다. (…) 우리는 망가진 우정이나 박살난 사랑의 불안과 고뇌 속에서 타인의 연민을 구하지 않습니다. 죽음이 우리를 가장 가까운 인연과 갈라놓을 때, 참담한 불행의 그늘 속에 우리는 홀로 앉아 있습니다. 마찬가지로 인생의 가장 위대한 승리와 가장 어두운 비극 역시 홀로 걷는 겁니다.

손가락 말단까지 철저히 정치적 동물이었던 스탠턴은 이 사유를 여성을 위한 정치적 평등의 필요성과 연결 짓지 않을 수 없었다. 여성에게 행동 반경을 확장할 수 있는 모든 수단이 주어져야 한다는 주장의 논거로 그가 아는 한 가장 강력한 것은, 모든 삶은 궁극적으로 고독하다는 사실이었다. 이제 그는 바로 이런 관점에서 여자들에게 시민의 권리를 허락지 않은 결과에 직접 호소한다.

인생의 사나운 풍파에서 여자들을 보호한다는 얘기는 순전히 조롱일 따름입니다. 삶의 폭풍은 남자들에게 불어치듯 여자들에게도 나침반의 전 방위에서 불어칠 뿐만 아니라 더 치명적인 피해를 초래합니다. 남자들은

자기를 보호하며 저항하고 승리하는 훈련을 받기
때문입니다. 인간 경험에 있어선 사실이 그러합니다. (…)
부자와 빈자, 지식인과 무지렁이, 현자와 바보, 선한 자와
악한 자, 여자와 남자를 막론하고, 언제나 똑같습니다.
그 모든 영혼은 각자 혼자서 다만 자기 자신만을 믿고
의지해야 합니다. (…) 길고 따분한 행진을 각자 혼자서
해내야 합니다.
이것이 바로 우리 한 사람 한 사람 모두가 항상
짊어지고 살아온 고독입니다. 그것은 차디찬 얼음산보다
더 접근하기 어렵고, 한밤의 바다보다 더 심오하지요.
그것이 바로 자아의 고독입니다. 우리가 우리 자신이라
일컫는 내면의 존재는 그 어떤 인간이나 천사의 눈길,
손길로도 꿰뚫지 못했습니다. 그것이 바로 개인의
삶입니다. 나는 묻습니다. 누가 감히, 그 누가 감히 다른
인간 영혼의 권리와 의무와 책임을 대신 떠맡을 수 있단
말입니까?

유대계 미국인의 그 어떤 글도 「자아의 고독」만큼
정곡을 꿰찌르는 자아 감각을 내게 돌려주지 못했다.
자연과 역사라는 이중의 덫에 갇힌 내 자아의 감각
말이다. 내게 그 연설문은 시처럼 읽혔다. 그만큼 존재의

본질 자체로 느껴졌다.

여섯

톨스토이가 한 말이 있다. 사회 문제나 정치 문제로
글을 써달라는 청탁을 받는다면 그딴 주제에 단 한
글자도 낭비할 생각이 없지만, 20년 후에도 사람들을
웃기고 울리고 삶을 더 사랑하게 만드는 책을 쓰라고
한다면 전력을 바치겠노라고.

　　나한테 삶을 더 사랑하게 하는 작품들을 자주
써준 작가는 나탈리아 긴츠부르그다. 여러 해에 걸쳐
긴츠부르그를 되풀이해 읽고 또 읽었지만, 읽을 때마다
인간이 고통과 쾌감을 느끼는 존재라는 사실을 새삼스레
지적으로 실감하는 데서 오는 뜨거운 고양감을
느낀다. 처음 읽었을 땐, 독서하는 그 순간의 내가 어떤
사람인가에 대한 중요한 깨달음에 눈을 떴고, 나중엔 내가
과연 어떤 사람이 되어가고 있는가를 사유했다. 그러나

나 자신이 타인으로 느껴질 만큼 오래 살고 나서—결국
지금의 내가 되었다는 사실에 다른 누구보다 내가 더
놀랐다—긴츠부르그를 다시 읽으니 계시뿐 아니라
위안도 얻게 된다.

열 살 때, 선생님은 내가 쓴 작문을 반 아이들 앞에서
치켜들며 "이 녀석은 작가가 될 거다"라고 말했다. 그 전엔
'작가'라는 말을 들어본 적도 없는 것 같고 당연히 무슨
뜻인지 알 리도 없었는데, 나를 가리키며 그 단어를 써준
선생님의 말에 따뜻한 행복감을 느꼈던 기억이 난다.
심지어 그때도 나는 알고 있었다. 작문을 하면서 완전히
몰입해 빠져들었던 그 일—즉, 펜을 손에 쥐고 앞에 놓인
종이에 단어들을 최적의 순서로 배치하는 법을 생각하는
일—은 이전에 느껴보지 못한 보람을, 벅찬 설렘을
선사했다. 선생님이 내가 쓴 글을 칭찬했을 때 나는
그 설렘을 다시 느꼈고 앞으로도 계속 '글을 쓰겠다'고
결심했다. 그때 몰랐던 것, 차마 알 길이 없었던 것은, 내
글이 칭찬 한마디 못 받고 나 외엔 다른 누구에게도 딱히
특별한 영향력을 끼치지 못할지언정, 계속 쓰지 않고는 못
배길 거라는 사실이었다.

곧 글쓰기는 내 인생에서 핵심적인 자리를 차지하게
되었다. 뭐랄까, 글을 쓰려고 앉으면, 무수한 불안과
초조에 안달복달하는 '내'가 온데간데없이 사라지는
느낌이었다. 책상에 앉아 종이 한 장을 앞에 놓고
손가락을 키보드에 올려둔 채 생각을 정리하려 애쓰는
데 골몰할 때면 안전하고 단단히 중심이 잡혀 있으며
아무것도 나를 건드릴 수 없다는 느낌이 들었다.
흥분되면서도 평화로웠고, 산만해지거나 집중력이
흐트러지지도 않았으며, 내게 없는 것들에 굶주려 허덕일
일도 없었다. 내가 그 방 안에 나와 함께 있었다. 뭐가
됐건 내 삶의 다른 것들은―사랑도, 부나 명예의 약속도,
심지어 건강조차―글쓰기가 내게 준 것, 나 자신이 살아
있다는 느낌, 내가 나 자신에게 생생한 현실로 존재한다는
그 느낌에 비하면 아무것도 아니었다.

당연히 내가 쓰려던 글은 위대한 소설들―세계를
뒤바꿀 장대하고 극적인 소설들, 내 책을 읽은 독자들로
하여금 삶을 더욱 사랑하게 해줄 그런 소설들―이었지만,
순전히 상상의 천으로만 짜낸 이야기를 전달하는 재능이
아예 없다는 사실을 나는 일찌감치 깨달았다. 그런
이야기를 써보려고 할 때마다 일말의 문학적 가치도 건질
수 없는 장황한 언어의 진흙탕에 빠져 죽을 것만 같았다.

문단은 원칙도 없이 아무렇게나 나뉘고 문장이란 문장은 다 가짜처럼 들렸으며 단어들은 책장 위에 죽어 나자빠져 있었다. 오히려 편지를 쓸 때는 훨씬 더 나답고 자연스럽게 읽혔다. '대리를 앞세우지 않은' 나 자신으로서 이야기할 때만 홍해의 물결이 기꺼이 갈라져주었고, 비로소 물 위를 걸을 수 있었다. 글이 술술 흘러갈 때면 정말 그런 느낌이 들었다.

어떻게 해야 할까? 이제 20대 후반에 들어섰지만, 허구만 섞어보려 하면 한 줄도 생동감 있게 안 나오는 마당에 어떻게 위대한 미국 소설을 쓰겠다는 건지 막막하고 깜깜하기만 했다. 그런데 때마침 나탈리아 긴츠부르그의 에세이 「나의 소명My Vocation」을 읽었고, 거기서 내가 앞으로 나아갈 길을 보았다.

이 에세이는 긴츠부르그 자신의 작가 수련기를 추적한다. 재능 있는 아이는 화려하고 장엄한 산문 — 장대하고 오페라 같은 산문 — 을 쓰는 꿈을 꾸지만 실제로는 이야기가 무엇인지도 모르고 스토리텔링이라는 작업에 어떻게 접근해야 하는지에 대해서도 아무런 감이 없다. 아이가 아는 건 자기가 근사한 문장을 쓰라는 사실 하나뿐이다. 그래서 아이는 실제로 그렇게 한다. 불길한 성들, 납치된 처녀들, 폭군 같은 아버지들, 위협을

일삼는 애인들을 묘사하는 문장들을 쓴다. "내가 쓴
단어와 구절 이상으로는, 실제 이런 것들에 대해 아는 게
하나도 없었다." 다음에 그는 도저히 손에 잡히지 않는
이야기를 추적해줄 도구라 믿고 구문들과 사랑에 빠진다.
그다음엔 이야기를 **걸쳐둘** 인물들(사실은 꼭두각시들)을
사랑하게 된다. 차츰차츰 조각들이 맞춰지면서 결국 이
에세이 자체야말로, 긴츠부르그가 쓰고 우리가 읽고
있는 이 글이야말로, 작가가 스스로 성장해 작가인
인간으로서 세계의 한 자리를 차지하는 법을 독학하는
이야기, 즉 축소판 '빌둥스로만Bildungsroman〔성장소설〕'임이
명확해진다. 이것이 이야기였다.

　　나탈리아 긴츠부르그(혼전 성은 레비였다)는 1916년
시칠리아 팔레르모에서 태어나 부친이 대학에서 과학을
가르치던 토리노에서 어린 시절을 보냈다. 똑똑하고
교양 있고 자유주의적인 가족이었지만, 레비 일가의
분위기는 조바심과 불안에 짓눌려 있었다. 아버지는
집안의 폭군이었고 어머니는 고분고분한 몽상가였으며
다섯 아이는 모두 우울증 성향을 보였다. 나탈리아는
이제나저제나 탈출할 날만 기다렸다. 그는 1938년 스물두

살 나이에 러시아 태생의 지식인 레오니 긴츠부르그와 결혼했다. 레오니 긴츠부르그는 작가이자 교수였고, 나탈리아와 결혼할 무렵에는 반파시즘 운동가가 되어 있었다. 1941년 레오니가 유배 선고를 받으면서 부부는 이탈리아 중남부의 가난한 마을로 이사했고, 그곳에서 세 아이를 낳았다. 이 아이들의 출산이라는 너무나도 놀라운 경험을 한 나탈리아는 짧은 글들을 쓰기 시작하는데, 이것이 바로 훗날 칭송받게 될 일인칭 에세이의 창생이었다. 1943년 무솔리니가 몰락하자 긴츠부르그 부부는 이제 로마로 돌아가도 안전하겠다고 판단했다. 오판의 대가는 참혹했다. 로마에 도착한 지 20일도 못 되어 레오니는 체포돼 군사 감옥에 갇혔고 곧 처형되었다.

나탈리아에게 삶은 머리가 핑핑 도는 속도로 엎치고 덮치며 축적되었고, 그렇게 이제까지와는 차원이 다른 글쓰기의 필요성이 거세게 대두되었다. 또한 어떤 선명성의 감각이 도래해 글쓰기에 충격을 주고 진정성을 가져다주었다. 그가 알아차린 비결이란 실제 경험에 엄정한 주의를 기울인 다음 그걸 글로 담아낼 방법을 찾아내는 것이었다. 긴츠부르그는 이 보석 같은 통찰로부터 영원히 자기 것으로 남을 눈부신 미니멀리즘의 양식을 깎아냈다. 이것은 그가 제2차

세계대전을 창작의 수련기로 삼은 모든 유럽 작가와
공유했던 양식이다.

1961년 긴츠부르그는 『저녁의 목소리들*Voices in the
Evening*』이라는 소설을—그렇다, 소설 작법도 독학으로
배운 것이다—출간했다. 책을 펼치면 모녀간인 두 여자가
걷고 있다. 한 여자는 소설의 화자이고 다른 여자는
말을 한다. 문장은 아무렇지도 않게, 범상하게, 하나하나
쌓여가다가 단절의 지점에 이른다.

어머니가 말했다. "목구멍에 덩어리 같은 게 느껴져."
(…)
어머니가 말했다. "[저 장군은] 어쩌면 머리숱이 저렇게
많니, 저 나이에!"
그분이 말했다. "개 꼴이 얼마나 흉해졌는지 너 봤니?"
(…)
"[그래도] 새 의사는 고혈압이 있는 걸 찾아냈지 뭐니?
난 항상 혈압이 낮았는데, 항상."

이런 진부한 말들이 끊임없이 이어진다, 발화에서도
서술에서도. 읽으면서 내가 했던 생각들이 기억난다.
'이 사람들 대체 누구야? 뭐 하는 사람들이지? 대화는

지루하고 상황은 따분하고, 왜 여기에 신경을 써야 하는 건데?' 소설을 두 번째로 읽고 나서야 이 사람들이 실상은 자기 스스로에게, 또 서로에게 기겁해 소스라칠 언행들을 일삼고 있다는 게 보였다. 서술을 얇게 덮어씌우는 어조—아지랑이처럼 어슴푸레하고, 몽환적이며, 거의 마취된 듯한 그 어조—가 행위를 애매하게 흐리고 있음을 깨달았다. 그제야 뇌리를 강타하는 생각이 있었다. 이 모든 일이 제2차 세계대전 직후에 일어나고 있다는 것. 인간적 대참사의 핵심에서 날카로운 시의 감각으로 작업한 작가의 걸출한 소설, 그 중심부에 도사린 진력, 괴리, 끔찍한 피로감은 다름 아닌 전쟁이었다.

하지만 소설들과 나란히 발맞춰 등장한 긴츠부르그의 에세이들이야말로 나에게 직접 말을 걸어온 글들이었다. 딱 때맞춰, 꼭 나를 위해 쓰인 것만 같은 글들. 거기 그 에세이들 속에서 우리는 서술하는 페르소나의 창생을 보았다. 이 페르소나는 소설에 표현된 것과 똑같은 내면성에서 출발하되 어조와 조망의 관점은 확연히 달라서 논픽션 산문으로 은유를 창출하는 고전적 기예를 쓰면서도 차별화된 모더니즘적 특징을 확보했다. 그 글들을 읽는 동안, 심지어 처음 읽을 때부터, 내 안에 가능성으로 잠재하고 있던 작가를 발현할 방법을 위대한 스승이 직접 시연해 보여주는 느낌이었다.

처음에 제일 좋았던 작품은 잘 알려진 「그와 나He and I」였다. 이 글은 두 번째 남편과 긴츠부르그의 삶을 문학적으로 활용한 에세이다. 얼핏 보면 부부가 결혼생활에서 겪게 되는 성격 차이를 빨랫감 목록처럼 재미있게 열거한 듯 보이지만, 핵심을 잘 들여다보면 대충 상황에 맞춰 내린 결정들에 제멋대로 휘둘리는 우리네 인생사를 현실로 살아낸다는 게 진정으로 어떤 의미인지를, 작가가 필력을 쏟아부어 그려낸 걸작이 보인다. 인생에서 당연시되는 경험이 결혼이다. 역사의 총아이고 의례적 숭배의 대상이지만, 대개는 얼결에 발을 들였다 끝까지 참고 살게 되는 결혼. 이 결혼생활을 유심히 들여다보노라면, 성격이 상극인 두 사람(남편과 여자)을 묶은 매듭을 풀려 애쓰는 화자를 보게 된다. 둘을 풀로 딱 붙여놓은 이 상황은 화자 한쪽에게만 불행으로 닥친 듯하다. 온갖 피해를 초래하는 건 전적으로 그, 그, 바로 그 남자다! 이 불경한 동맹에 자기가 얼마나 깊이 공모하고 있는지는 서서히 깨달을 수밖에 없다. 그래서 걸핏하면 성질머리를 터뜨리며 윽박을 질러대는 남편만 두고두고 원망하다가 언젠가부터는 남편이 고함을 질러댈 때 그 신경을 슬슬 긁어대는 자신을 관찰하게 된다.

"남편이 한 번 실수를 저지르면, 나는 그가 못 참고 기어이
분통을 터뜨릴 때까지 그 얘기를 하고 하고 또 하곤 했다."
새로운 발견이다. 고함 지르기와 신경 긁기가 맞물려
소정의 역학이 생겨나고, 그 역학은 애매모호함에 빌미를
주고, 그 애매모호함이 관계를 규정하는 짜증스러움을
담보하게 된다니.

친밀한 부부관계가 대참사로 치달은 데는 자기 책임도
있다는 이 발견으로부터 화자는 눈을 떼지 못하고,
에세이는 깜짝 놀랄 도착 지점에 다다른다. 생각해보면
보통 일이 아니다. 우리로 하여금 스스로 자아의 형태를
일그러뜨리고, 말도 안 되는 별별 타협을 합리화하고,
쾌락과 고통이 뒤섞인 일평생을 견뎌내게 만드는 이
강박적 욕구, 혼자이고 싶지 않다는 강박적 욕구란 얼마나
기이한가. 이 이중 족쇄를 적나라하게 실감하노라면
독자는 눈이 휘둥그레진다.

「그와 나」의 화자는 〔관계의〕 복잡성을 탐구하다 자기
자신의 역할을 깨닫는데, 이 발견이 내게는 열쇠가
되어주었다. 나는 작품의 배후에 있는 구성 원칙을
체험했다. 차원과 구조를 부여해 작품을 극적 글쓰기의
영역으로 끌어올린 바로 그 요소를. 이 계몽적 앎으로부터
나 자신의 작가 수련을 한 단계 발전시키는 데 꼭

필요했던 교훈이 따라왔다.

소설에서는 다수의 캐릭터가 각자의 역할을 연기하는데, 작가를 대변하는 캐릭터도 있지만 그러지 않는 캐릭터도 있다. 이들 모두에게 발언권을 부여함으로써 작가는 소정의 역학을 얻게 된다. 논픽션에서 작가는 '대리를 앞세우지 않은' 자아만 가지고 작업해야 한다. 그래서 필요한 역학을 만들어내기 위해서는 자기 안의 '타자'를 추구하고 또 찾아내야 한다. 불가피하게, 글을 구축하기 위해 서술자는 고백이 아닌 자기 탐문, 아니 자기 연루의 형태로만 간여해야 한다. 상황 속에서 자신의 역할—그러니까, 사색이 되도록 겁에 질리거나 비겁하게 굴거나 자기를 기만하는 역할—을 핵심적으로 활용할 때 에세이에 서사적 긴장이 생겨난다. 나탈리아 긴츠부르그가 내 창작 인생에 베풀어준 위대한 선물이 이 통찰이다. 그 배움의 핵심은, 내게 가장 잘 맞는 글쓰기를 추구해야 하며 소설가가 장편이나 단편에서 캐릭터의 내면을 탐구할 때 취하는 것과 똑같은 시선으로 경험을 빚어내는 접근 방식을 취해야 한다는 것이었다.

긴츠부르그의 유구한 관심사는, 진지한 작가라면 누구나 그렇듯, 초지일관 우리가 서로를 사람답게 대하지 못하게 만드는 우리 내면의 갈등이 무엇인지 그 정체를 파악하는 것이었다. 몽테뉴와 마찬가지로, 긴츠부르그는 가장 정확한 표본으로 스스로를 활용하는 데 거침이 없었다. 처음에는 타자의 행동에 관심을 갖고 출발할지라도 자기 안에서 인간 유대를 사뭇 그릇되게 이해하는 관념이 작동하고 있음을 보게 되면 그 관념에서 멀어지는 자기 자아의 성장을 추적했던 것이다. 긴츠부르그의 에세이를 다 같이 놓고 보면, 이거야말로 진짜 천로역정이라고 느껴질 때가 있다. 화자들이 범상치 않은 자중감의 대가를 치르는 과정을 탐구하기 때문이다.

"다른 인간과의 관계라는 문제는 우리 삶의 중심에 자리한다. 이 사실을 의식하게 되는 순간—즉, 그것이 하나의 문제일 뿐 불행의 진흙탕이 아니라는 걸 명백히 알게 되는 순간—우리는 일생의 궤적에 걸쳐 그 기원을 찾아내고 문제를 재구축하는 일에 착수하게 된다." 이렇게 서두를 여는 에세이 「인간관계Human Relationships」가 권위를 획득하는 이유도 정확하게, 서술자가 자기 자신의 감정적 역사를 탐문하는 천재적인 고찰로부터 서사적 추동력을 획득하기 때문이다.

긴츠부르그는 글 첫머리에 대뜸 고백한다. 앞으로 고찰하고자 하는 주제의 심각성을 실감하기까지 거의 일평생이 걸렸으므로, 당연히 그 대강의 의미를 드러내는

데 이 글 전편을 바쳐야 한다고 말이다. 따라서 우리는
작가가 만사를 심사숙고하며 글을 전개해가리라는
마음의 준비를 하게 된다. 아니나 다를까, 긴츠부르그는
일인칭 복수로 말하게 되는데, 자신의 발견 속에서 독자가
스스로를 보게 만들려면 이것이 최적의 목소리라고
여겨졌기 때문이다.

긴츠부르그는 성장기에 겪은 가족의 감정적 폭력으로
시작해 끝도 없이 서로를 향해 소리를 질러대는 부모에게
자신과 형제자매들이 얼마나 화가 나 있었는지, 또 온
가족이 아버지의 터무니없는 감정 기복에 얽매여 얼마나
고통받았는지를 기억한다. 자기방어는 감정적 거리를
만들어내게 했고, 이는 훗날 무거운 대가로 돌아온다.
청소년기에 그는 자기 자신을 비현실적이라고 느끼다
곧 주위 모든 사람까지 비현실적으로 느껴지자 "돌처럼
굳은 얼굴"을 하고 만사에 호전적으로 시비를 걸게 된다.
"이따금 우리는 오후 내내 각자의 방에 혼자 앉아 생각에
잠기곤 했다. 막연한 현기증을 느끼며 다른 사람들이
정말 존재하기는 할까, 우리가 상상 속에서 꾸며낸
존재는 아닐까 의문을 가졌다. (…) 어느 날 우리가 불시에
뒤돌아보면 아무것도 없고, 아무도 없어서, 텅 빈 공허만
응시하게 되는, 그런 일도 가능할까?"

어느새 모든 것을 포괄하는 이 영적 거리감은 다른 사람들에게 잔인한 행위를 저지르며 도착적 쾌감을 즐겨도 된다는 면허가 되어버린다. "우리가 연을 끊은 친구는 우리 때문에 고통받는다. (…) 우리도 알지만 마음 쓰지 않는다. 심지어 은연중에 일종의 쾌감마저 느낀다. 누군가 우리 때문에 고통받는다는 건 우리가—스스로 그토록 오랫동안 약하고 하찮은 존재라고만 여긴 우리가—남에게 고통을 줄 힘을 손에 쥐고 있다는 의미였으니까." 바로 여기서 우리는 본다. 작가의 일생과 작품세계를 기어이 사로잡았던, 감정적 비현실성이라는 범죄를.

그는 성장해서 결혼하고 아이를 낳고, 그제야 처음으로 적나라한 불안을 경험한다. "가슴이 찢어지듯 이리도 애틋한 마음으로 (…) 삶에 구속되는 느낌이 있을 수 있다니, 우리는 상상조차 하지 못했다." 갑옷이 갈라져 금이 간다. 참혹한 절망이 찾아오자—전쟁이 발발하면서 젊은 남편을 잃고 하늘에서 죽음이 비처럼 내리고 아이들이 폐허 속에 버려지자—뜻밖에도, 그는 고통의 연대에 동참하는 스스로를 발견한다. "우리는 첫 번째로 지나가는 행인에게 도움을 청하는 법을 배웠다." 또한 "첫 번째로 지나가는 행인에게" 도움의 손길을 뻗는 법도 배웠다. 이 경험은 인간적인 탈바꿈의 동력이다. 마침내, 이제야, 그에게 자기 자신이 현실로 느껴진다. "마지막인 듯 그 짧은 순간 우리는 세계의 사물을 (⋯) 산다는 행위를 온전히 제 것으로 누릴 수 있었고 (⋯) 위태롭게 흔들리는 삶 속에서 평정의 지점을 찾았"던 것이다. 이 순간부터 "우리는, 이웃과 함께할 때 늘 그 사람이 자신의 주인인가 하인인가를 가늠하는 주눅들거나 경멸에 찬 시선을 버리고 항상 공정하고 자유로운 시선으로 그들을 볼 수 있게 되었다".

세월이 흐를 만큼 흘러 우리의 화자는 인생이란 돌고 돌며 뿌린 대로 거두게 되는 것이라는 진리를 체험한다. 그렇게 그의 에세이뿐 아니라 지혜도 완성된다. "이제 우린 어른이 되었고 사춘기인 우리 아이들은 이미 돌 같은 눈길로 우리를 보기 시작했다. (⋯) 인간관계의 긴 사슬이 반드시 기나긴 포물선을 그리며 펼쳐져야 한다는 것도, 우리가 서로를 향해 작은 연민을 품는 지점에 닿을 때까지 반드시 걸어야 할 그 머나먼 길들도, 이제는 다 알고 있지만 (⋯) 그래도 속상해져서 불평을 늘어놓는다."

아, 그 돌 같은 눈길! 『가족의 말들*Family Sayings*』은 긴츠부르그가 마흔네 살이 되어 여전히 하고 싶었던 이야기를 마침내 제대로 풀어낼 만큼 작가로서 원숙한

경지에 다다랐을 때 쓴 회고록이다. 그 돌처럼 차가운
눈길은 이 사실에서 비롯된다.

"내가 집에 있는 어린 여자아이였을 때," 회고록은
이렇게 시작된다. "우리 아이들 중 누군가 식탁에서 물잔을
엎거나 나이프를 떨어뜨리면 아버지는 '얌전히 굴지 못해!'
하고 호통을 쳤다. 우리가 빵을 그레이비소스에 적시면
아버지는 고함을 질렀다. '접시 핥지 마라! 더럽히지도
말고 지저분한 찌꺼기 흘리지도 말고!' (…) 우리는 불시에
폭발하는 아버지의 분통을 항시 악몽처럼 겪으며 살았다.
그 이유는 치졸하기 짝이 없을 때가 많았다. 구두 한 짝이
없어졌다고, 책 한 권이 제자리에 없다고, 전구가 나갔다고,
저녁 식사가 조금 늦었다고……"

고휘발성 위험물 같은 부친, 광적인 불만에 휩싸여
실낱같은 트리거에도 폭발하는 남자는 작가의 회상
속에서 추상같이 호령하며 툭하면 제멋대로 명령을
내린다. 똑바로 앉아라…… 기차나 길거리에서 모르는
사람이랑 얘기하지 마라…… 거실에서 신발 벗지
말고 난롯가에서 발 덥히지도 마라…… 등산할 때
목 마르다고, 피곤하다고, 발 아프다고 투덜거리지
마라……. 구타당하고 짓밟힌 아내와 아이들에게 권력을
과시하겠다는, 차라리 노망에 가까운 욕구 말고는 아무

합리적 이유도 보이지 않는다. 글 전체에 걸쳐 우리 눈에 보이는 그는 오로지 온갖 무능력의 총체이자 집안의 폭군일 뿐이다. 온 가족이 마음의 감옥에 갇힌 채 오랜 세월 방황하며 아버지의 존재가 유발하는 불안과 그의 부재에서 오는 안도를 극복하는 데 급급한 삶을 살아가게 된 건 모두 그의 책임이다.

어머니는 어머니대로 궁지에 몰리다 못해 유치한 어리석음으로 퇴행해 눈가리개를 하고 살면서 왼쪽도 오른쪽도 보지 않고 오로지 앞만 보며 손에 넣을 수 있는 소소한 기쁨을 챙기는 데 급급하다. 대체로는 아들들과 함께 있는 게 그 기쁨이다. "'지노 인물 좋지 않니' 어머니는 말하곤 했다. '참 착하기도 하지. 우리 지네토! 난 우리 아들들 말곤 정말이지 마음 가는 게 하나도 없어. 아들들이랑 있을 때만 재미가 있더라."

여기서 배제된 나탈리아는 안색이 점점 더 돌처럼 굳어져가고, 철저히 소외된 건 아니라 하나 그렇다고 단단히 뿌리박지도 못한 상태로 내면의 자리에 서 있다. 사뭇 심드렁한 태도로, 나탈리아는 우리에게 알려준다. 애정이 없진 않겠지만 어머니가 친밀감을 거의 못 느끼는 아이는 자기 혼자뿐이라고. "[언니] 파올라가 결혼하고 나서 처음 며칠 동안 어머니는 이제 언니가 집에 없다고 많이 울었다. 두 사람 사이엔 깊은 유대가 있었고 늘 서로 할 말이 많았다." 그러면서 나탈리아는 자기 얘기를 털어놓는다. 어머니는 "친구들을 질투하지도 않고 (…) 결혼한다고 마음 아파하거나 울지도 않았고 (…) 집을 떠난다고 속상해하지도 않았다. 여러 이유가 있겠지만, 당신이 입버릇처럼 말한 대로, 내가 '완전히 마음을 터놓고 풀어진' 적이 없었기 때문이기도 했으리라."

형제자매 넷이서도 그리 다를 바 없어서, 어린 시절은 물론이고 성인이 돼서도 서로에게 불투명하고 모호한 상태로—"무관심하고 초연하게"—지내게 된다. 성인이 되어 만난 그들 사이에 공통점이라고는 함께한 과거를 돌아보는 어떤 음침한 유머 감각뿐이다. "'우리가 베르가모에 피크닉을 하러 간 건 아니었지' 그 한마디면 되었다. (…) 그러면 이 말 이 구절과 떼려야 뗄 수 없이 얽힌 우리의 친밀한 관계, 유년기와 청소년기의 한순간을 짚어낼 수 있었다."

우리는 그의 소설들이 대참사로 완파되어 바스라진 조각들을 주워 모으려 애쓰는 문화에 갇혀버린 평범한 인생들의 이야기란 걸 안다. 한편 그의 회고록에서, 파괴된 문화란 가족이 살아낸 시대가 아니라 차라리 가족 그 자체다. 그러나 소설이든 회고록이든 주인공은 감정적으로 사막의 풍광을 헤매고, 그로 인해 글은 초현실적 재질을 띠게 된다. 이 점을 확실히 강조하고자, 회고록은 모더니즘 소설의 표징인 뚝뚝 분절되는 문단으로 가득 채워진다.

[알베르토는] 휴일을 맞아 [학교에서] 집에 와서 식탁에 앉아 오믈렛을 먹으려 하면 종이 울렸다는 이야기를 해주었다. 교장이 방에 들어와 말했다. "오믈렛은 나이프로 써는 게 아니라고 한 번 더 말해줘야겠구나!" 그리고 다시 종이 울리면 교장이 사라졌다. 아버지는 이제 스키를 타러 가지 않았다. 나이가 너무 많이 들었다고 했다. 어머니는 늘 그랬다. "산이라니! 위험천만한 곳이지!" 어머니는 스키를 탈 줄 몰랐고, 실내에만 있었다. 그러나 막상 남편이 스키를 타지 않는다고 하니 아쉬워했다.

그 목소리의 어조가 해낸다. 그 어조, 이상해 보이는 화자의 자리, 자기 자신의 심리적 성장을 관망하는 그 기이한 시야각. 그 어조는 긴츠부르그 역시 자기 자신에게 타자였고, 내게 그 사실을 알려주기 위해 글을 쓴 것임을 말해준다.

일곱

몇 년 전 어느 유명한 비평가가 5년 전 출간된 이래 거들떠보지 않았던 책을 어쩌다 다시 펼쳐 읽고는 곧바로 글을 써서 올렸다. 그 비평가는 책이 너무 좋아서 깜짝 놀랐고, 출간 당시 자기가 그 책에 얼마나 무자비한 악평을 했는지에 또 경악했다고 했다. "그때는 틀림없이 내 기분이 나빴던 모양이다." 그리고 술회했다. "확실히 수용적인 기분은 아니었다."

아, 수용성! 다른 말로는 준비된 상태라고도 한다. 책과 독자 사이에―사람과 사람 사이는 말할 것도 없다―이루어진 모든 성공적인 연결을 책임지는 건 인간의 신비 중에서도 가장 신비로운 수수께끼, 바로 감정적 준비다. 모든 생의 형태는 결정적으로 여기에 달려 있다. 훗날 인생에서 가장 중요한 관계가 될―혹은 될

수도 있었을—인연을 우리가 반가이 맞이하거나 내칠 때
끼어드는 무작위성을 생각하면, 인생이란 우울하리만큼
우연과 정황에 좌우되는 것처럼 보일 수도 있다. 평생을
함께한 친구 사이나 연인끼리 '혹시라도 우리가 다른 때
만났더라면' 하는 생각에 몸서리치는 일은 또 얼마나
잦은가? 책과 독자의 관계도 똑같아서, 이제는 내밀한
인연을 맺은 책이라 해도 적당한 기분이 아닐 때
읽었더라면 자칫 열린 마음과 반가운 심장으로, 즉 준비된
상태로 조우하지 못했을 수도 있다.

　　1980년대 후반, 제1차 세계대전이 휩쓸고 간 세상을
배경으로 귀환한 참전병을 그린 영국 소설을 읽었다. 그
책은 작고 고요했고 시에 가까울 만큼 세심하게 쓰인
작품이었다. 몇 년 후 제1차 세계대전을 다룬 소설을 한
권 더 읽게 되었는데, 이 책은 '셸쇼크'shell shock*를 앓는
병사들을 전담 치료하는 병원을 중심으로 전개된다.
처음 읽은 책은 작고 정교했는데, 이번 책은 규모도

* 전쟁신경증의 한 형태로 병사가 전투 상황에서 심신의 한계에 도달해
전투 능력을 상실한 상태. 제1차 세계대전 당시 포탄shell에 충격을 받아
발병한다고 여겨져 이런 이름이 붙었다. 외상후스트레스장애의 일종이다.

크고 아물지 않은 상처도 노골적으로 드러나 있었다.
두 책은 각각 J. L. 카의 『요크셔 시골에서 보낸 한 달*A Month in the Country*』과 팻 바커의 『부활*Regeneration*』(바커의 제1차 세계대전 3부작 중 첫 권)이다. 여기서 묘한 점 한 가지는, 두 책을 모두 최근에 다시 읽었는데, 읽으면서 대작(『부활』)이 내게 소품(『요크셔 시골에서 보낸 한 달』)에도 전이랑 다르게 깊은 주의를 기울여보라고, 부분이 아닌 총체로서 작품에 주목하라고 명령을 내리는 듯한 기이한 느낌에 휩싸였다는 사실이다. 내가 지금 무슨 말을 하는지 이제 설명해보겠다.

『요크셔 시골에서 보낸 한 달』에 부친 짧은 서문에서 작가는 책 집필을 시작하던 당시의 착상은 "편안하고 느긋한 이야기"였다고 말한다. 반세기 전 자기 삶에서 실제로 일어났던 사건을 다룬 "전원의 목가"를 쓰고자 했다고 말이다. 그러나 같은 글 말미에서는, 글을 써 나가는 과정에서 자기가 화자한테 부여한 어조가 눈에 띄지 않을 정도로 미미하게 변화했고 웬일인지 원래의 의도가 "스르르 미끄러져 사라지는" 게 감지됐다고 술회한다. 그러다 급기야 자기가 어느새 "현재도 과거도 아닌 무언가가 기거하는 한층 어두운 풍경을 조망하는 전혀 다른 창문을 내다보"고 있음을 깨닫는다. 1980년대에 그 소설을 읽었을 때 나는 이 말에 담긴 작가의 경고를 무시했고, 이후 몇 년 동안 카가 자신의 의도라고 선언한 "전원의 목가" 부분만 기억하고 있었다.

『요크셔 시골에서 보낸 한 달』은 화자가 1920년의 여름을 회상하며 시작된다. 전장에서 귀환한 화자는 어딘지도 모를 광막한 땅에 뚝 떨어진 기분이다. 빈털터리에 일자리도 없고, 바람난 아내에게 버림받고, 대체 어디서부터 사태를 수습해야 할지 막막할 뿐 아무 생각도 나지 않는다. 그러다 요크셔의 어느 마을 교회 벽의 회칠 밑에서 중세 벽화로 추정되는 그림의 귀퉁이가 발굴되었는데 이를 복원할 사람을 구한다는 광고를 읽게 된다. 마침 우리의 화자(톰 버킨)는 바로 이런 유의 작업에 적합한 훈련을 받은 터였다. 취업 신청은 받아들여지고 그는 북부를 여행한다. 이 책이 들려주는 이야기는 기억에 남을 그 여름 한철을 다룬다.

이제 다시 지금 여기로 돌아와서, 나는 일자리를 얻은 화자의 신나는 마음은 기억했지만 그 덕에 그가 어떤 가혹한 처지에서 구조되었는지는 잊고 있었다. "기적처럼 멋진 일이라면, 이 차분한 물의 은둔처로 온 뒤로, 여름 한철 동안은 벽화를 발굴하는 일 말곤 아무것도 골 아프게 생각하지 않아도 된다는 것이다. 그런 뒤엔, 어쩌면

새 출발을 할 수 있을지도 모른다. 전쟁과 [도망간 아내] 비니와의 불화로 입은 상처를 잊고 여기서부터 다시 시작할 수 있을지도 모른다. 이거야말로 나한테 필요한 거라고, 그렇게 생각했다. 새 출발을 하면, 그러고 나면, 더는 전쟁 사상자가 아니게 될 수도 있다." 책을 다시 읽던 나는 그 마지막 문장의 마지막 구절을 잊고 있었음을 깨달았다. "더는 전쟁 사상자가 아니게 될 수도 있다"라니. 내 기억엔 "새 출발을 한다"가 전부였는데.

 톰은 교회 종탑에 거처를 마련한 뒤 빵과 치즈를 먹고 살면서 14세기에 그려진 심판의 날 벽화를 수 세기에 걸쳐 회칠한 무덤에서 천천히 들추는 작업을 인내심 있게 해나가며 시간을 보낸다. 오롯이 몰입하는 노동의 막간에 톰은 작업을 구경하러 교회에 들이닥치는 각인각색의 마을 사람과 어울리고 대화한다. 제일 먼저 그를 고용한 당사자인 거만한 목사 J. G. 키치가 찾아오고 뒤이어 같은 처지의 참전 병사 문이 찾아온다. 문 역시 시간 속으로 사라진 것을 복구하는 일을 벌이로 삼고 있다. 그리고 엘러벡 가족이 찾아오는데, 이 소탈한 사람들은 톰을 기꺼이 가족들 사이로 끌어들여 환대하며 굳이 불러서 저녁 식사도 함께하고 축일들도 함께 보낸다. 마지막으로 키치의 아내 앨리스가 있다. 아름답고 불행한 앨리스와

함께 톰은 일장춘몽 같은 욕망에 빠져드는데, 이 꿈은
벽화 작업과 함께 서서히 차근차근 작동하는, 삶의 회복에
대한 감각과 나란히 평행선을 그린다. 서사가 약속하는
바는, 쌍둥이 같은 두 상황의 전개에 힘입어 톰이 삶의
추동력을 영영 상실해버렸다는 압도적 인식과 확실히
갈라서고 극복에 쐐기를 박으리라는 기대다.

우리는 톰이 무시무시한 파스샹달 전투*에서 살아남은
생존자이며 그 후로 말을 더듬고 얼굴을 씰룩이는 경련이
생겼지만, 전쟁을 겪었다고 해서 허무주의자가 되진
않았다는 것도 애초부터 일찌감치 알게 된다. "몸을 질질
끌고 그 피바다에서 살아 나왔을 때 삶은 우리 기억보다
찬란해 보였다." 냉소적인 게으름뱅이 문과 달리, 톰은
맡은 일을 진중하게 대할 수밖에 없는 위인이다. 그렇기
때문에, 톰이 복원하는 벽화는 아주 일찍부터 그를 위해
되살아나기 시작한다. "이틀째 일이 마무리될 무렵에는
아주 섬세한 [예수의] 머리가 드러났다. (⋯) 이것은
카탈로그에나 나오던 그리스도가 아니었다. 도저히 참고
봐줄 수 없는, 아련한 천상의 존재가 아니었다. 겨울처럼

* 제1차 세계대전 당시 벨기에 파스샹달 지역에서 50만 명의 사상자를 낸
3차 이프르 전투를 말하며, 전쟁 말기 가장 치열하고 참혹했던 전투로 꼽
힌다.

엄혹한 강경파였다. 정의, 그렇다, 정의가 있으리라. 그러나
자비는 없었다." 그림에 종교적 상투성이 없다는 사실을
그는 짜릿하고 또 놀라워한다. 그림 속 선한 자들은
"잘난 체하고 재미가 없다". 특히 "고통의 형벌을 선고받은
사람들의 활력"과 나란히 놓고 보면 더욱 그러하다.

복원 과정의 요소 하나하나에서 톰이 느끼는 기쁨은
만져질 듯 생생하다. 먼저, 소재 자체에서 그가 음미하는
쾌감이 있다. "두 번째 군왕의 망토는 화려한 의상이다.
겉은 붉은색에 안감은 초록색이다. 아주 멋진 빨강, 사실상
최고의 빨강으로, 비용을 아끼지 않았다." 그는 하루하루
지나면서 점점 더 작품에 매료되는데, 그러면서 그림 속에
보이는 삶을 깊이 응시하는 혜안을 갖게 되고, 그 혜안이
지닌 치유의 잠재력도 일찍부터 내다본다. "내가 정말로
실감하고 있는 건……" 그는 우리에게 속내를 털어놓는다.
"저들이 화려한 옷을 차려입고 입만 열면 그대니 전하니
통촉이니 하는 거창한 말을 내뱉는 우리가 아니었다는
사실이다. 그들에게는 죽음과 출생, 잠과 일을 잊게
해줄 여흥이랄 게 얼마 없었고, 상황이 너무 끔찍해지면
전지전능한 성부와 슬픔에 잠긴 성자에게 기도를 올리는
수밖에 없었다. 그러니 내 일을 할 때는 가능하다면 (…)
교회에 다시 오지 않는 한 그들이 볼 수 있는 그림은

이 벽화 한 점뿐이니, 그림을 올려다보는 그 지저분한 얼굴들을 눈앞에 그려보거나 떠올리면 작업에 도움이 된다. 여분의 상상을 쏟으면, 희석한 염산뿐 아니라 감정도 일의 도구로 삼을 수 있다."

그리고 드디어, 여름이 끝날 무렵 벽화의 전모가 드러나고 톰은 걸작의 현전을 목도하고 있다는 느낌에 휩싸인다. "숨이 막혔다. (…) 어마어마한 색채의 폭포, 꼭대기의 파랑들이 추락해서 격동하는 빨강의 도가니로 이글거리며 쏟아진다. 진정으로 위대한 예술작품이 다 그러하듯, 우선 전체로서 망치질하듯 충격을 주고 이어서 부분들로 마음을 사로잡는다." 이것은 톰이 누리는 영광의 순간이고, 스스로 특혜를 허락한 유일한 순간이다. 『타임』 지의 미술비평가가 소식을 듣고 여기 도상학적 기적이 있으니 학계의 기생충들은 어서 와서 그 마법을 모조리 빨아먹으라는 신호를 보내기 전에" 작품을 훤히 아는 내부자로서 홀로 위대한 그림 앞에 서는 특권이다.

벽화는 인간의 교감으로 파르르 진동하지만, 그 방면으로 톰의 성장은 지지부진하다. 여기에서 결여된 건 직접적 행동이다. 차차 알게 되겠지만 이것이야말로 톰이 뛰어들지 못하는 문제다. 전처럼 목사의 아내로서 우울과 불행에 잠식되어 가라앉고 있는 앨리스 키치도 톰이

자신에게 끌리는 만큼 톰에게 끌린다. 톰은 그 끌림이
두 사람 모두에게 끼치는 영향을 직접 대면하기를 거듭
열망하고 또 열망한다. 그러나 끝내 용기를 내지 못하고
번번이 실패한다. 두 사람 사이의 긴장은 연거푸 소진될
위기를 맞는다. 어느 날 앨리스는 톰에게 지상의 지옥을
믿느냐고 묻는다. 톰은 앨리스가 자기 결혼 얘기를 한다는
걸 알지만, 형편없는 궤변만 애매모호하게 늘어놓는다.
상황에 따라 다르고, 사람마다 지옥의 의미도 다르다면서.
앨리스는 재빨리 후퇴한다. "오, 미안해요, 정말 바보 같은
질문이었네요." 그러자 톰은 이제 자기가 정말로 공을
떨어뜨리고 말았음을 알아차린다. 그때가 명백히 "손을
내밀어 그의 팔을 잡고 '여기 내가 있잖아요. 나한테
물어봐요. 지금 당장. 진짜 질문을 해요! 말해요. 내가 여기
있는 동안 말해줘요. 너무 늦기 전에 나한테 물어봐요'라고
말했어야 했던 순간이었음을."

꿈결같이 몽롱한 슬픔이 서사를 뒤덮기 시작한다.
활력이 다 빠져나간 톰에게 애처로운 실존의 설움이
서린다. 여름이 끝나고 작업도 마무리되고 톰은 마을을
떠날 채비를 마쳤다. 작별 인사를 하러 온 앨리스는
처음으로 종탑에 올라 그와 함께 서고, 곧 두 사람을
갈라놓을 세상을 내다본다. 말하지 못한 감정의 팽팽한

긴장 탓에 둘 다 금세라도 터져버릴 것만 같다. 그때 앨리스 뒤에 서 있던 톰은 문이 일하고 있던 장소를 정확하게 가리킨다.

앨리스 또한 돌아섰고 그 가슴이 내게 밀착되었다. 우리 둘 다 저 밖의 초원을 내다보고 있었는데도, 그는 그리 쉽게 물러서려 하지 않았다. 한 팔을 들어 그의 어깨를 잡고 얼굴을 돌려 키스해야 한다는 걸 [나는 알았다]. 그날은 그런 날이었다. 그게 그가 온 이유였다. 그랬다면 모든 것이 달라졌으리라. 내 삶도, 그의 삶도. 둘 다 알고 있던 걸 소리 내어 말했더라면, 우린 창가에서 돌아서서 내 간이침대에 함께 누웠으리라. 나중엔 멀리 떠났을 것이다, 아마도 다음 기차를 탔겠지. 심장이 미친 듯이 내달렸다. 숨이 턱턱 막혀왔다. 그는 내게 몸을 기대고, 기다렸다. 그리고 나는 아무 일도 아무 말도 하지 않았다.

살아보지 못한 모든 삶의 가슴 저미는 슬픔이 이 문단에 새겨져 있다. 그 짙고 자욱한 멜랑콜리는 흡사 칼로 썰면 썰릴 것만 같다. 이 책의 찬란한 성취는 결코 변경할 수 없는 이 끔찍한 결말을 깊이 음미하면 할수록 그 최종성이 태초부터 존재한 듯 느껴지게 만든다는 데 있다. 인류는, 시작부터, 자기 자신에 대한 믿음을 어디서 찾아야 할지 모르는 채 불완전한 좌표를 들고 출발했던 것이다.

『부활』에는 작중 인물로 등장하는 시인 윌프레드 오언이 또 다른 인물인 시그프리드 서순*의 전쟁시가 아주 짧다고 말하는 대목이 있다. "글쎄," 하고 서순이 설명한다. "전쟁이 서사시에 어울리는 소재는 아니잖아, 안 그래?" 그러나 소설 후반에 가선 서순 본인도 말한다. "가끔, 그러니까 밤에 말이야, 참호에 혼자 있다 보면, '까마득하게 오래된' 어떤 느낌이 감지될 때가 있어. 참호가 고대부터 늘 거기 있었던 것처럼 말이야…… 꼭 다른 모든 전쟁이 어쩐지 (…) 증류돼서 이 전쟁에 본질로 스며들어버린 것만 같아서, 그래서 (…) 거기 도전해 대적한다는 일이, 거의 불가능해 보인단 말이야." 그때 거기서, 이 전쟁—대전大戰, 모든 전쟁을 종식할 전쟁—은 실로 서사시로 보이기 시작한다.

* 오언과 서순은 모두 제1차 세계대전 당시 실존했던 전쟁시인으로, 군인으로 참전해 직접 경험한 전쟁의 잔혹성과 참혹함을 묘사한 시를 남겼다.

때는 1917년, 장소는 크레이그록하트 전시종합병원.
아직도 프랑스에서 극렬하게 벌어지고 있는 전쟁에
영국이 참전한 결과 정신이 붕괴된 병사들 ─ 당시에는
'셸쇼크'라고 불렸다 ─ 을 치료한다는 특수한 목적으로
설립된 기관이다. 작중 인물들은 바로 그 병사들이고,
역사적으로 실재했던 크레이그록하트병원과 마찬가지로
(가령 오언과 서순처럼) 실존한 인물도 있지만
대다수는(특히 빌리 프라이어라는 병사는) 기가 막힌
상상력으로 창조되었다. 병원의 원무를 총괄하는
담당자는 W. H. R. 리버스다. (실존 인물인) 인류학자이자
의사 리버스는 전쟁이 끝난 후 크레이그록하트병원에서
자신의 환자였던 망가진 사람들이 겁쟁이도 아니고
병역기피자도 아니며, 단지 세계의 절반이 다른 절반을
죽여버리겠다고 작정하고 달려들 때 그 참상을 겪고
살아남은 사람들에게 어떤 일이 일어날 수 있는지를
보여주는 산증인이란 사실을 최초로 이해한 정신분석학자
중 한 명으로 주목받게 된다.

크레이그록하트병원에서는 성인 남자들이 말을 더듬고
비명을 지르고 매시 정각이면 환각을 본다. 한번 증상이
오면 몇 달씩 말을 잃기도 하고, 멍하니 앉아 자기 눈에만
보이는 무언가를 물끄러미 바라보는가 하면, 병실을 찾은

부모나 아내를 보고 공포에 질려 덜덜 떨기도 한다. 이 뿌리뽑힌 영혼들 중에는……

번즈가 있다. 그는 온몸이 휘청이도록 격렬하게 떨며, 음식을 거부하고, 밤마다 반복되는 악몽에서 깨어나 구토를 한다.

윌러드가 있다. 풀을 발라놓은 듯 휠체어에 딱 달라붙어선, 모든 의학적 증거가 아니라고 하는데도, 자기는 절대 걸을 수 없다고 완강하게 우기고 있다.

앤더슨이 있다. 의사인 그는 이제 도저히 피를 볼 수가 없다. 의료계로 돌아간다는 생각만 해도 소름이 끼치고 몸이 떨린다. 어느 날 그는 자기가 싼 오줌이 웅덩이처럼 고인 바닥에 누워 있는 채로 발견된다. 그가 악몽을 꾸면 병동 한 층이 통째로 잠을 설친다.

그리고 유별난 빌리 프라이어가 있다. 말을 잃은 상태로 병원에 들어온 그는 그로부터 까마득히 오랜 시간이 지났지만 여전히 모든 질문에 '기억이 안 납니다'라고 공책에 써서 답하고 있다.

소설은 윌리엄 리버스란 캐릭터를 중심으로 전개된다. 그는 등장인물 가운데 가장 점잖거니와, 눈앞에 보이는 실상을 명료하고 확고한 의무감으로 명예롭게 대하고자 하는 영국인의 관습적 욕구를 체현하는 인물이다.

이번에 그의 의무는 절망에 빠진 이 병사들을 구해내 다시 참호로 돌려보내는 것이다. 앞에 놓인 책무의 쓰디쓴 아이러니를 누구보다 리버스 자신이 잘 안다. 애초에 크레이그록하트병원에 자임한 이유부터가, 전쟁이 아니었다면 발병하지 않았으리라는 걸 스스로 잘 알고 있는 정신적 붕괴 현상을 연구하기 위함이었다. 그러니 그들을 '치유'한다 한들, 어차피 전쟁터로 돌려보내질 텐데, 치유된 상태를 유지할 확률이 얼마나 된단 말인가? 소년과 남자의 경계에 선 이 병사들은 전투로 자신을 입증하라는 얘기를 끊임없이 듣고 있는데 말이다. "얼마나 오해를 야기하기 쉬운 말인가." 리버스는 알고 있다. "전쟁을 통해 이 젊은이들이 '어른이 되었'고 말하다니." 환자들에겐 "때 이르게 폭삭 늙어버린 사내와 화석이 되어버린 학생이 나란히 공존하는 것 같았다". 이런 현상 때문에 환자들은 "희한하게 나이가 가늠되지 않는다는 특질을 갖게 되었지만, '성숙'은 차마 여기에 적당한 말이라 할 수 없었다".

『부활』의 첫 출간을 둘러싼 리뷰는 대다수 리버스와 시그프리드 서순의 관계가 소설의 서사적 전개에서 중추적 역할을 한다고 보았지만, 나는 그 관계가 작가의 의도라는 무거운 짐을 짊어지고 간다는 인상을 받아본

적이 한 번도 없다. 리버스와 그 유명 시인의 대화가
『부활』에서 지적으로 가장 복잡한 부분이긴 하지만, 책의
진짜 힘을 찾으려면 리버스와 빌리 프라이어의 관계,
그리고 빌리 프라이어라는 캐릭터의 설정을 들여다보아야
한다.

크레이그록하트의 환자는 모두 교육받은 중산층 내지
상류계급 장교들이다. 이들 사이에서 빌리는 사회적
돌연변이, 길바닥에서 잔뼈가 굵은 노동계급 출신 장교다.
어떤 상황이 닥쳐도 승산을 계산해내는 생래적 지능을
지닌 빌리는 꾀가 넘치고 관능적이며 필요하다면 범죄도
서슴지 않을 인물이다. 그는 성적으로 거칠고 계급적
증오심에 젖어 있으며 수단과 방법을 가리지 않고 오로지
생존하겠단 일념으로 살아왔다. 그럼에도 불구하고,
그는 전쟁으로 인해 자기로서는 상상조차 할 수 없었던
수준의 소외에 빠지고 만다. 런던 북부 슬럼가에서 성장한
빌리는 언제나 잉글랜드의 비열한 계급 체계야말로
인생의 유일한 적, 진짜 적이라고 생각했다. 그러나 이제,
프랑스와 참호를 겪고 난 뒤론, 전 인류가 실존적 공포로
보인다. 그토록 피 끓는 인간 혐오에 젖어 있는 빌리가
산 자들의 세상으로 돌아갈 길을 어떻게 찾을지, 과연
찾기나 할 수 있을지—이 질문들이야말로 책이 다루는

소재의 펄떡이는 심장이다. 빌리의 인생에서 에든버러의 한 카페에서 사귄 무기 공장 노동자 세라와 함께한 단 두 번의 짧은 순간은 이 문제의 범위가 얼마나 깊고 넓은가를 암시한다.

첫 데이트에서 두 사람은 해변 길을 따라 산책한다. 눈부시고 생기 발랄한 젊은 여성 세라는 휴일 같은 분위기에 즉각 반응을 보이고, 우리는 이런 대목을 읽게 된다. "세라는 즐거움을 좇는 무리의 자연스러운 일원이었다. 그는 질투와 경멸을 동시에 느꼈고, 반드시 저 여자를 가져야겠다는 차가운 결심을 굳혔다. 저 사람들, 저 사람들 모두가 그에게 진 빚이 있으니, 세라가 대가를 치르게 만들겠다고." 소설이 전개되어 세라를 사랑하게 되고 세라가 유일한 마음의 위안이 된 후, 빌리는 세라에게 참호전이 **실제로** 어떤 경험이었는지 말할까 생각하다가 입을 다물기로 한다. "어쩐지 세라가 최악의 부분까지 다 알아버리고 나면 더는 쉴 수 있는 피난처 역할을 해줄 수 없을 것만 같았다. (…) 그는 숨을 곳으로서 세라의 무지가 필요했다. 그러나 동시에, 할 수만 있다면 최대한 깊이 알고 또 알려지고 싶었다. 그런데 두 욕망은 결코 화해할 수 없었다."

물론, 핵심은 리버스와의 관계다. 독자는 두 사람의

정신분석 세션을 통해서 차마 말로 형용할 수 없는
전쟁의 대가가―온전한 인간이 되고자 하는 인간의
꿈이 입은 피해가―무엇인지를, 비로소 통렬히 절감하게
된다. 여기서 앞뒤가 맞지 않는 빌리의 감정 하나하나가
모두 이야기 속에서 펼쳐지며, 또한 평범하기 짝이 없는
정신분석이라 해도 도덕적 품격에 근접하는 데 실패할 수
있음을 세션들 그 자체로 기가 막히게 드러내 보여준다.

　　빌리는 지옥에서 왔다고 할 만한 피분석자로, 변죽만
울리며 의사를 약 올리는 약삭빠른 환자다. 두 사람은
흡사 서로 승패를 걸고 게임을 하는 듯하다. 빌리 역시
자기도 모르게 '이기자고' 작정하고 덤빌 수밖에 없다. 그는
자기가 사랑하게 된 리버스를 물리치고 승리를 거둔 듯
보일 때 가장 크게 기뻐하지만, 그러면서도 어쩔 수 없이
리버스 또한 제도권 인물이며 누구 못지않게 자기기만에
빠져 있다고 느낀다.

　　크레이그록하트의 다른 여러 병사처럼 빌리도
(실어증에서 회복한 후) 끔찍한 말더듬증에 시달린다.
그런데 리버스 또한 말을 더듬는다는 사실을 알게 되자
빌리는 득의양양해진다. 리버스는 당연히 당신이 말을
더듬는 건 환자들이 보이는 증상과 다르다고 주장한다.
그러자 빌리는 말한다. "거 운이 참 좋으십니다, 안

그래요? 선생님 운이 좋으시다고요. 환자들이랑 똑같은 말더듬증이었다면 선생님도 앉아서 자기가 50년 동안 기를 쓰고 말하지 않으려 한 게 뭔지 알아내셔야 하잖아요."

정신분석가로서 리버스는 빌리의 기억을 어떻게든 되살려내기 위해선 목소리를 잃은 당시의 공격을 다시 체험하게 해야 한다는 걸 알지만, 말더듬이 논쟁과 같은 세션이 매번 반복되자 지칠 대로 지쳐서 치명적인 좌절에 빠진다. 빌리는 한도 끝도 없이 "말씀드렸잖아요, 기억이 안 납니다"라는 말만 되뇐다. 그러다 느닷없이, 한발 물러서는 기미를 보인다. "그래요." 어느 날 빌리는 말한다. "여느 공격과 정확히 똑같았습니다. (…) 대기하고, 바지에 똥을 싸거나 구역질이 목까지 치민 사람이 보이면 진정시켜보려 하고. 나는 똥도 안 싸고 토하지도 않기만 비는 거죠." 그 말을 하는 빌리를 곁눈으로 흘긋 바라본 리버스는 불현듯 그가 지금 자기한테 뼈다귀를 던져주고 있다는 걸 깨닫는다. 리버스의 눈에 반짝임이 가시자 빌리는 조소를 터뜨리고 리버스는 그 순간의 치명적인 진실을 체감한다. "그[빌리]는 이렇게 말하는 것만 같았다. '그래, 좋아. 저 바닥의 시커먼 공포를 퍼내 올리라고 시킬 순 있겠지, 죽음들을 기억해내게 만들 수도 있겠지. 하지만 무슨 짓을 해도 내가 감정을 느끼게 만들 수는 없을걸.'"

빌리 프라이어가 얼마나 내 깊숙한 곳까지
들어왔는지는 설명하기가 어렵다. 빌리는 지난 50년간
경험해보지 않았던 노동계급의 연대의식 속으로 나를
되던졌다. 그 반사회적 감정의 희열이 어찌나 강렬한지
한순간 겁이 났지만, 그 순간뿐이었다. 한때 계급투쟁으로
고취된 꼬장꼬장한 확신에서 내가 느꼈던 그 쾌감—
진실은 내 것이고, 적이 누군지도 알며, 대의에 담긴
정의도 느껴진다—이 빌리와 동행하는 동안 물밀듯
밀려와 나를 덮쳤고, 기억이 닿는 한 단 한 번도 느껴보지
못했던 가슴 저미는 향수로 나를 적셨다. 그리고 몇십
년 만에, 나는 뮤지컬 「집시Gypsy」를 보던 나 자신을
기억해냈다.

미국 연극에는 반낭만주의적 뮤지컬의 역사가 있다.
이런 뮤지컬은 추하고 사소한 진실을 말하고자 했고,
끝까지 그 진실로부터 눈을 떼지 않았다. 거기에 이
뮤지컬의 힘이 있다. 「집시」—유명한 스트리퍼와 역사상
최악의 악명을 떨친 극성 엄마의 이야기—는 이 장르의
위대한 일례다. 내가 이걸 아는 건, 「집시」가 말하고자
했던 추하고 사소한 진실이 내게 직격으로 닿아왔기
때문이다.

처음 「집시」를 보았을 때 나는 20대였고, 에설 머먼이 어머니 로즈를 연기했다. 머먼은 당시 엄청난 성량으로 소리를 내지르던 가수 중 최고였고, 가창력 못지않은 연기력도 갖추고 있었다. 머먼의 연기에는 그 어떤 뉘앙스도, 복잡성도, 재고再考의 여지도 없었다. 그것은 대자연의 기세처럼 거칠고 압도적이었다. 사납고 무식한 킬러였다. 로즈는 자기 것을 원했고, 아무것도, 아무것도, 정말이지 어떤 무엇도 그의 앞을 막아설 수 없었다. 그게 너무나 좋았다. 나는 군색한 사랑으로 그 작품을 사랑했다. 그런 내 사랑이 무섭기도 하고 미치도록 설레기도 했다. 그때는 그랬다. 이민자 노동계급의 게토에서 간신히 빠져나온 여대생이었던 내게, 이 세계는 나를 제외한 모든 사람이 소속된 듯한 장소였다. 하지만, 어떤 사회사적 순간에는, 나도, 또 내 주의의 모든 사람도, 반드시 부모처럼 살 필요는 없다는 느낌이 들었다. 하지만 우리 몫을 얻어내기 위해서는 투쟁해야 했다. 그때 로즈가 무대 위에 나타나 대신 그 싸움을 해주었다. 이 장면이 내 안에서 그러모은 그 에너지는 까마득히 깊은 내면에서 나왔기에, 독자적으로 법을 제정해도 될 것 같았다. 머먼이 「로즈의 차례」를 부르며 발코니에 다다랐을 때, 내 머리는 무슨 짓을 해도 정당화할 수 있을 복수의 감각으로

터져나가고 있었다. 로즈가 괴물이라고? 그럼 어떤가. 나의
괴물인데.

몇 년이 지난 후, 다음번에는, 내가 있던 극장의
관객들이 스크린에서 그들 대신 싸워주는 괴물을 보고
괴성을 질러대고 있었다. 영화관이었는데, 내 주위에선
젊은 흑인 남자 여자들이 "그놈을 죽여! 죽여!"라고
외쳐대며 "죽어도 싸다"고 웃어대고 있었다. 잠시 나는
흠칫했지만, 그 순간은 금세 지나갔다. 좌석에서 몸을
돌려보니, 내 주위의 모든 얼굴에 과거의 내가 느꼈던,
너무 단순해서 더는 쪼갤 수도 없는 선명성이 떠올라
있었다. 그 어떤 뉘앙스도, 복잡성도, 재고의 여지도
없었다. 나는 이해했다. 그리고 놀랄 만큼 오래도록 그
이해를 간직했다.

팻 바커 3부작의 2권 첫 에피소드에서(아무리 봐도,
1권인 『부활』에 들어갔더라면 더 좋았을 것 같다) 빌리는
시내로 외출해 방탕한 밤을 보내려고 눈에 불을 켜고
상대를 찾아다닌다.("섹스가 필요했다, 절실하게 필요했다.")
끝내 여자를 찾지 못한 빌리는 공원에서 남자의 유혹을
허락한다. 정확히 말하자면 그는 상류계급 장교다. 책을
읽으면서 천천히 사태의 실체를 파악해가는데, 온몸을
관통하는 경악의 충격이 피부로 느껴질 지경이었다.

이거야말로 미처 예상치 못한 반전이었다. 그러나 놀라움도 잠시, 나는 그들의 현장에 빠져들었다. 그리고 무슨 일이 벌어질까? 장교의 집으로 함께 돌아온 빌리는 그의 항문에 삽입 성교한다. ("아마도 그때 그 순간 느낀 것보다 더 순수한 계급적 적대감의 분출은 느껴본 적이 없었으리라.") 그러고 나서, 장교는 체위를 바꿔도 될지 물으며 "아니면 그런 건 안 합니까?"라고 질문한다. 빌리는 미소를 지으며 말한다. "난 뭐든지 다 합니다." 그리고 나는 내심 외쳤다. '그렇지! 이거야! 이거지!'

그러다 혼자 생각했다. '나 미친 거 아니야?'

나를 『요크셔 시골에서 보낸 한 달』로 돌려보내고, 첫 만남에서 온전히 간파하지 못한 톰 버킨을 다시 만나보게 한 이는 바로 빌리 프라이어였다.

카의 소설을 다시 읽다 보니, 도무지 퍼즐 조각이 맞춰지질 않았다. 실존주의적 결정론 따위의 거창한 게 아니라 단순한 전쟁에 톰을 속박해 묶어놓는 이 책의 모든 면을 어떻게 못 보고 지나쳤는지. 다름 아닌 전쟁이 소설 속 모든 생각, 모든 장면, 모든 만남을 채색하고, 그리하여 인간적 상처를 그토록 풍부하고 내밀하게

그려낸 초상으로 마침내 이어지는데, 바로 이 점이
『요크셔 시골에서 보낸 한 달』을 비슷한 다른 모든 산문과
확실히 갈라놓는다. 대체 어떻게 그걸 다 잊었지, 나는
놀라움을 금치 못했다.

톰이 말을 더듬고 안면 경련이 있다는 사실은
기억했지만 그게 얼마나 생생했는지는 기억나지
않았다. "내 얼굴이 문제였다. 왼쪽 얼굴이 발작적으로
경련했다. J. G. 키치 목사 같은 사람들이 증상을 심하게
유발했다. 경련은 왼쪽 눈썹에서 시작돼 입까지 내려왔다.
파스샹달에서 얻은 병인데 (…) 위생병들은 시간이 지나면
없어질 수도 있다고 했다."

아침이면 문과 함께 머그잔에 차를 따라 마시곤
했다는 건 기억났지만, 이런 대목은 기억나지 않았다.
문은 "파이프 연기 사이로 (…) 탐문하는 눈을 하고 나를
바라보곤 했고, 그때마다 내 눈에는 그의 머릿속에 스치는
생각들이 보였다. 자, 당신은 누구야? 거기서 무슨 일을
당했기에 그런 끔찍한 경련이 생긴 거지? 저들 손에 의해
다짐육 기계에 처넣어지기 전, 그때 그 인두겁을 꾸역꾸역
도로 둘러쓰겠다고 여기까지 온 거야?"

톰이 누워서 "여름 냄새와 여름 소리, 여름이 나를 흠뻑
적셨다"던 대목은 기억났다. 그가 잠에 빠져들기 전 "눈을

카키색 손수건으로" 가렸다는 사실은 기억나지 않았다.

　한편 앨리스 키치가 톰을 처음 만났을 때 엽기적인 악몽 이야기를 하기 시작하고 톰이 다음과 같이 반응했다는 건 아예 까맣게 잊고 있었다. "그래, 맞아요, 무슨 말을 하시는지 정확히 압니다, 라고 나는 앨리스에게 말했다. 정말로 큰 폭탄이 터지면 딱 그랬거든요. 참호의 공기가 싹 빨려 나갔다가 훅 다시 끼쳐 들어오죠. 그야말로 넋이 나가는 느낌이에요."

　그리고 뒤에서 앨리스 키치가 지옥을 믿느냐고 물었을 때, 톰의 뇌리에는 실제로 다음과 같은 파스샹달의 이미지가 스친다. "몸뚱어리가 반으로 쪼개지고, 머리들이 터져나가고, 비굴하게 설설 기게 만드는 공포, 비명을 지르게 하는 공포, 차마 말로 형용할 수 없는 공포! 진흙탕으로 변해버린 세계!"

　이 모든 걸 '기억'해냈을 때, 나는 이 보석 같은 책이 이룩한 지극히 구체적인 성과란 영구적 외상을 입은 영혼을 안고 지옥과 꼭 닮은 전쟁에서 돌아온 한 인간의 지워지지 않는 초상임을 알았다. 불구가 된 것도 아니고 균형을 잃은 것도 아니며 내면이 뒤틀린 것도 아니다. 외상으로 멈춰버렸을 뿐이다. 그는 보고, 듣고, 냄새 맡고, 어느 정도 욕망을 느낄 수도 있다. 다만 행동으로 이어질

만큼 강한 감정을 느끼지 못할 뿐이다. 다시는 행동할
만큼 강렬한 감정을 느끼지 못할 것이다. 영혼이 꺾여
멎어버렸으니까.

그리고 불현듯 빌리 프라이어도 살았다면(그러지
못했다) 바로 이런 처지가 되었으리라는 사실을 깨달았다.
빌리도 톰처럼 영구 외상을 입고 전장을 떠나 왔기
때문이다. "무슨 짓을 해도 내가 감정을 느끼게 만들
수는 없을걸." 빌리의 존재 이유에 땔감을 넣어준 계급적
증오감은 딱딱한 외피가 되어 서서히 굳어갔을 테고,
내면의 삶은 점점 더 위축되었을 것이다. 여자들이나
상류층 남자들과 '복수'랍시고 동침하는 일이 지루한
일상이 되었을 테고, 가정생활은 그의 마음에 흠집
하나 내지 못했으리라. 점점 사라져가는 자아에 어쩔
수 없이 의탁하게 되더라도, 변함없는 확신을 계속
고수하고, 계급의 적을 알고, 단순한 대의에 실린 정의를
의심치 않았을 것이다. 내가 이걸 아는 이유는, 「집시」의
로즈를 응원했고, 빌리가 상류계급 장교를 범했을 때
"그래! 이거지! 이거야!"라고 외쳤기 때문이다. 나는 내가
뉘앙스를 받아들이고 복잡성을 음미하고 재고를 환영하게
되기까지 얼마나 오랜 시간, 비교적 상처 없는 인생을
살아야 했는지를 잘 알고 있었다.

계급투쟁(혹은 여성인권운동)에 참여하면서, 권위의 허울을 찢어발길 때마다 빌리가 느꼈던 그 통쾌하고 무자비한 감정을 나 또한 숱하게 경험했다. 그 감정에 사로잡힌 당시에는, 대담무쌍하고 자유롭고 **해방된** 기분이 든다는 것 또한 안다. 그러나 뉘앙스 없는 자유는 절대 자유가 아니다. 우리가 문명인이라는 느낌이 들지 않을 때조차 문명인처럼 행동하게 만드는 것이 바로 뉘앙스다. 뉘앙스를 없애버리면 동물의 삶만 남는다. 바꿔 말해, 전쟁이다.

나는 살아오면서 그 피에 굶주린 일념에서 분리되어 이론과 실천의 괴리로 인해 고통과 혼란으로 얼룩진 나의 내면을 들여다볼 수 있었음에, 그런 삶을 허락받았음에 감사한다. 그런 삶을 살았기에 어쩔 수 없이 이데올로기의 법칙에서 벗어나는 예외적 인간들을 인식하게 되었다. 그때 나는 깨달았다. 풀이 죽을지언정 완전히 꺾이지는 않는 재생성 영혼을 계속 장착하고 살아올 수 있었던 건, 내 인생에 그렇게 심한 대참사가 닥치지 않았기 때문이란 걸. 그러나 빌리와 톰의 영혼은 전쟁으로 완전히 망가져버렸고, 심하게 병들어 위험한 수준에 이르렀다.

"우리가 두려워해야 하는 건 영혼의 죽음이다." J. L. 카는 다른 소설에서 이렇게 썼다. 그는 내면의 정황을 종종 글로 다루곤 했지만, 이전에도 이후에도 『요크셔 시골에서 보낸 한 달』에서처럼 화려하게 발현한 그런 감정의 정확성에 도달하지는 못했다.

가끔 『요크셔 시골에서 보낸 한 달』이나 『부활』을 다시 읽지 못했다면 어땠을지 생각하면 몸서리가 쳐진다. 온전히 받아들일 기분이 아닐 때 처음 읽고 그 후로 다시는 읽지 못한 온갖 좋은 책을 생각하면 또 몸서리가 쳐진다. 어중간한 감상만 던져주는 책들이라면 딱 한 번만 읽어도 된다. 얼마든지 괜찮다. 하지만 그 반대라면, 생각만 해도 가슴이 답답해진다.

여덟

몇 년 전, 수십 년을 혼자 살아온 나는 집 안에 나
말고 다른 살아 있는 생명체가 있으면 좋겠다는 바람이
간절해졌다는 걸 알았고, 스스로도 놀랄 일을 저지르고
말았다. 고양이를 입양하기로 결심한 것이다. 두 개
이상의 다리로 걷는 모든 것을 무서워하는 엄마의 겁은
아주 쉽게 내게 옮아왔고, 인생의 대부분을 동물이라면
무조건 무서워하거나 꺼리며 살아왔다. 개, 고양이, 양,
개구리, 곤충까지, 뭐든 가릴 것 없이 가까이 오면 소름이
끼쳤다. 그러나 간절한 바람은 결국 승리를 거두었고, 나는
밖으로 나가 내 무릎 위에서 갸르릉거리고 내 침대에서
자고 변덕스러운 존재감으로 항시 내 아파트에 생기를
불어넣어줄 정 많은 생명체를 찾아 헤매기 시작했다.
　늦여름이었고, 도시 어디에나 동물인권단체 사람들이

돌보는 유기묘로 가득 찬 보호장이 있었다. 그리 오래지
않아 태어난 지 12주 된 특출하게 아름다운 태비 한 쌍이
눈에 띄었다. 패턴이 다른 검은색 회색 줄무늬 고양이들로,
녀석들은 연필로 그은 듯 가늘고 검은 완벽한 아이라인이
그려진 커다란 초록 눈이 돋보이는 어여쁜 꼬마 호랑이
같은 얼굴을 하고 있었다. 나는 보호장을 지키고 있던
여자에게 말했다. "한 마리 제가 데려갈게요." 안 돼요,
하고 여자가 말했다. 한배에서 낳은 암컷 새끼들이라
떨어지면 안 되거든요. 두 마리 다 데려가실 게 아니면
아예 안 돼요. 뭐 못 그럴 것도 없지, 나는 그렇게 생각하고
좋아요, 두 마리 제가 데려갈게요, 라고 말했다.

그 즉시 고도의 불안감이 엄습했다. 불현듯 고양이들이
있었다. 내가 사는 아파트에. 릴리풋 난쟁이들 사이의
걸리버처럼 나는 고양이들을 물끄러미 바라보았고,
고양이들도 나를 빤히 보았다. 이제 뭘 해야 하지? 아는 게
하나도 없었다. 쟤들은 이제 뭘 하지? 보아하니 고양이들도
전혀 모르는 듯했다. 아깽이 한 마리한테 다가갔더니 둘
다 움츠러들었고, 두 번째 시도에서는 후다닥 달아났다.
그길로 한 마리는 사흘 동안 소파 뒤에 숨어 지냈고,
그사이 다른 한 마리는 애처롭게 울어대며 고양이 1호가
사라진 바로 그 자리를 지키고 있었다. 그러고 또 어떤

날들에는 둘 다 꼭꼭 숨어버리는 바람에 나는 미친 사람처럼 집 안을 뛰어 돌아다니며 찬장이며 서랍을 열어젖히고 벽에 붙어 있던 가구를 옮겨보며 필사적으로 소리를 질러대야 했다. 둘 다 질식해 죽어버리고 나는 동물학대 혐의로 기소당하고 말 거라고 확신하며.

보통 때처럼 내 할 일을 하며 지내려고 노력했지만— 책상에 앉아서 일하고, 약속을 지키고, 친구들을 만나서 식사를 하고—머리 위로 검은 구름이 드리워져 있었다. 밖에 나가면 집에 돌아오기가 무서웠다. 집에 돌아와서는 집 없는 사람이 된 기분으로 아파트 안을 헤매고 다녔다. 내가 무슨 짓을 자초한 걸까! 아기를 갖고 싶다고 간절히 바라다가 막상 아기가 생기니 나도 아기도 관계를 맺는 데 재주가 전혀 없다는 걸 알아버린 것만 같았다.

최악이었던 건 날카로운 실망의 자각이었다. 그 실망감에 시름시름 앓았다. 정신적으로 절망에 빠져 걸어다녔다. 나는 절대로 고양이들한테서 내가 원하는 걸 얻어내지 못하겠지! 고양이들은 내 몸을 파고들지도 않을 테고, 내 품 안에서 갸르릉거리지도 않을 테고, 내 침대에서 잠들지도 않을 거야. 절대! 절대로! 그리고 실제로, 족히 몇 년 동안은 그러지 않았다.

한편 맘씨 고운 친구들은—정말로 내가 엄마가

되기라도 한 것처럼—내게 소소한 고양이 용품들을
산더미처럼 사다 안겨주기 시작했다. 책이며 장난감이며
DVD가 날마다 도착했고, 그것들은 저마다 내게
조언을 했다. 대체로는 보낸 사람들이 유머라고 여기는
종류로, 고양이들과 어떻게 하면 잘 지낼 수 있는지에
대한 내용이었다. 솔직히 말해서, 이런 전개는 나로서는
까무라칠 일이었다. 그래서 유치할 뿐 아니라 상당히
피곤한 경험으로 받아들였다.

　그런데 그 선물 나부랭이 중에 『고양이에
대하여*Particularly Cats*』라는 도리스 레싱의 책이 있었다.
대학생 때부터 레싱을 받들고 우러러본 나였기에—
페미니스트로 성장하던 우리 세대 여학생들에게 『금색
공책*The Golden Notebook*』은 성서나 마찬가지였다—레싱이 쓴
거라면 내가 무조건 흥미롭다고 여길 만한 구석이 있을
거라고 생각했다. 그래서 그가 쓴 이 얇고 작은 고양이
책을 읽기 시작했지만, 책은 내게 필요한 걸—구체적인
조언!—주지 않았고, 초조한 나머지 다른 무엇에도
집중할 수 없었던 나는 이내 책을 던져버리고 말았다.
'고양이로 귀여운 척하는 유명한 작가가 여기 또 한
명 있군!' 그 뒤로 몇 년 동안 내가 그 책에 대해 거의
유일하게 기억한 건 레싱이 '회색 고양이'라고 부른

고양이가 한 마리 있고 '검은 고양이'라는 고양이가 한 마리 더 있으며, 한 마리는 레싱의 오금에서 잠을 자고 또 한 마리는 아플 때 따뜻한 수건에 돌돌 말려 잠을 잤다는 사실뿐이었다. 그러나 그 책에서 내 기억에 뚜렷이 새겨져 지워지지 않은 한 가지는 그 산문의 어조였다. 레싱의 그 걸출한 목소리—차갑고 명료하고 철두철미하게 냉정한, 그의 시그니처인 감상의 부재를 풍부하게 투영하는—그 어조가 고양이에 대한 책에도 있었다!

감상 이야기를 한 김에 말하자면, 스트레스에 시달리던 이 시기에 그런 면에서 나의 냉정이 얼마나 바닥을 쳤는지 가르쳐준 건 바로 고양이들이었다. 녀석들은 내 무의식이 얼마나 비정하게 위로를 찾아 헤매는지를 낱낱이 폭로했다. 어느 날 길거리에 떠돌이 고양이와 개가 넘쳐나는 빈국을 여행하던 나는 어미 고양이와 새끼들이 오후의 폭우를 피해 종려나무 아래서 쉬고 있는 모습을 보았다. 그 장면에 매료되어 빗속에 서서 바라보는데, 새끼 고양이 한 마리가 내 눈을 똑바로 보았다. 틀림없다, 나는 그 애원을 보았다. '나를 집으로 데려가줘요'라는. 그때 들었던 생각이 기억난다. 내 고양이들 중 한 마리, 아니 두 마리가 다 죽어버리면—지금 뉴욕의 집에서 하나가 죽어가고 있진 않을까?—내 앞에 있는 요 어여쁜

아깽이랑 다시 시작할 수 있을 텐데, 이번엔 제대로 잘해볼 수 있을 텐데, 그런 생각. 이 생각을 하자마자 또 다른 생각이 잇달아 떠올랐다. 그렇구나, 냉혈하고 계산적이라고 남들을 그렇게 숱하게 비판한 너도 똑같이 굴 수 있는 사람이구나.

그러던 어느 날, 그냥 아무렇지도 않게, 끝이 찾아왔다. 나 자신의 실망감이 따분해졌고, 불현듯 고양이들한테서 못 얻어내는 것만 생각하는 일이 죽도록 지긋지긋해졌다. 그 순간부터 고양이들을 별개의 존재로 보기 시작했다. 그리고 내 앞에서 고양이들이 각자 성묘로 성장하는 모습을 지켜보는 길고 꾸준한 연습을 시작했다. 고양이들은 나와의 관계를 통해서가 아니라 자기네끼리의 관계를 통해 자라났다.

함께 7년을 보낸 뒤에도 고양이들은 여전히 날마다, 흡사 방금 처음 만난 사이처럼 서로를 흥미롭게, 전념해서, 핥고 물고 쫓아다닌다. 동맹으로든 적으로든 언제나 서로를 의식하고 있다. 이상한 소리나 움직임이 위협적으로 느껴지면 고양이들은 자나 깨나 그 즉시, 심지어 마법처럼, 서로 궁둥이를 딱 붙이고 나란히 앉아서 적어도 이 위기 속에 친구 하나는 확실히 곁에 두려고 한다. 그런가 하면 시계처럼 하루에 정확히 한

번씩 거실 러그를 사이에 두고 스토커처럼 자리를 잡은
다음 서로를 마주보는데, 그럴 때면 흡사 그 바닥이
정글이고 고양이들은 미니어처 호랑이들 같다. 영문은
몰라도 서로 합의된 어떤 신비로운 순간이 닥치면, 둘은
펄떡 뛰어올라 순식간에 한덩어리가 된다—하악거리고,
깨물고, 발톱으로 할퀴고—그럴 때 보면 둘 다 이번에는
자매라는 이 무시무시한 적수를 목숨 걸고 물리치겠다는
결단이라도 한 것 같다. 몇 초가 지나고 이 난투극이
끝나면 고양이들은 놀이가 지루해진 기색이 역력해져선
서로에게서 떨어져 고개를 빳빳이 들고 꼬리를
살랑거리며 정반대 방향으로 걸어가버린다. 붙어 있으나
떨어져 있으나, 고양이들은 하루에 여섯 번 나를 웃게
한다.

두 고양이의 서로 다른 성격은 내게 끝없는 놀라움의
원천이다. 고양이 1호는 돼지처럼 먹고 일찌감치 몸매랄
게 없어졌다. 이제 배가 땅에 닿을 지경이다. 비밀이 많고
뚱하며 수동공격형이지만, 내가 눈길을 잘 맞추기만
하면 곧바로 뒤집어져 드러누워 발톱을 집어넣고 내게서
눈을 떼지 않은 채 배를 쓰다듬으라고 명령한다. 내가
그 명을 거스르는 일은 절대 있을 수 없다. 고양이 2호는
끝까지 미끈하고 늘씬한 몸매를 유지했고(입맛이 까다로운

녀석이다) 굉장히 활동적이라 주기적으로 집을 가로질러 질주하곤 한다. 또 유달리 섬세하고―쓰다듬어달라고 하고 싶으면 조심스럽게 내 쪽으로 발을 뻗으며 애원하듯 내 눈을 바라본다―지독한 겁쟁이기도 하다. 누가 아파트에 들어오기 무섭게(특히 그 사람이 남자라면 더더욱) 침대 밑이나 제일 높은 찬장 위로 도망쳐버린다. 그럼에도 내 애정을 독차지하는 이유는, 녀석이 벽이나 창문에 붙어 몸을 쭉 뻗을 때 보면 길고 탐스러운 회색과 흑색의 벨벳 기둥을 닮은 그 몸이 볼 때마다 어김없이 숨이 턱 막히도록 아름답기 때문이다. 그렇게 몸을 쭉 늘이고 있는 고양이를 처음 봤을 때 했던 생각이 기억난다. '이제야 아름다운 여자의 힘이 이해가 되네. 무슨 짓을 해도 용서가 되겠어!'

　이 고양이들은 평생을 살아도 날 받아줄 수 없겠지만, 내가 자기네 존재를 한참씩 잊고 있으면 그건 또 참지 못한다. 고양이들은 언제나 나와 함께다. 내가 어딜 가든 고양이들도 거기 있다. 내가 일하면, 한 마리가 나와 컴퓨터 사이에 철퍼덕 엎어진다. 책을 읽으려고 누우면 둘 다 침대에 올라와 내 옆자리에 쭉 뻗고 눕거나 몸을 동그랗게 만다. 텔레비전을 볼 때면 거기 또 고양이들이 있다. 소파에서 몸을 말고 있거나 그 옆의 의자에

늘어져 있다. 물론 같이 있는 내내 붙박이로 붙어 있는 건 아니다. 머지않아 어느 쪽이든 마른 사료를 잠깐 먹으려고 부엌으로 달려가거나 사냥감을 찾아 배회하듯 방 안을 빙글빙글 돌고, 그것도 아니면 끈질기게 자매의 꽁무니를 따라다니며 킁킁거린다. 그 관심은 보답을 받거나 거절당하기 마련이고, 둘은 그루밍을 하거나 고로롱대거나 하악거리거나 카악거린다. 고양이를 지켜볼 때만큼 살아 있는 생명체의 시시각각 변화하는 동기를 궁금해한 적은 살면서 한 번도 없었던 것 같다. 그 생각이 한시도 뇌리를 떠나지 않는다. 뭔가를 할 때 그 일을 하는 이유는 무엇인가? 고양이 1호는 어째서 고양이 2호를 몇 초 동안 미친 듯 핥아대다가 자매의 목에 이빨을 박고, 아주 의심스럽다는 듯 고개를 홱 들고는 자기가 공격을 당하기라도 한 것처럼 쌩하니 가버리는 걸까? 진짜 왜 저래, 꼭 섹스 같잖아, 하고 가끔 나는 생각한다. "왜 지금이야, 한 시간 전에는 왜 안 된다고 했어?" 몇 번이나 이런 질문을 들었을까? 고양이들한테 물어본들 마땅한 답이 나왔을 리 없듯이, 나도 마찬가지였다.

　여전히 나는 고양이들이 무릎에 앉아 존다거나 침대에 와서 같이 잔다는 사람들이 부럽지만, (유명한 길고양이 메히타벨*의 말을 빌리자면) 할 수 없지, 뭐 어쩌라고.

몇 달 전 어느 늦은 겨울 오후, 세월이 한참 지나
『고양이에 대하여』를 다시 꺼내들었고, 이번에는 그 책을
앉은 자리에서 단번에 독파했다. 읽다 보니 예전에 이
책을 손에 들고도 이만큼 몰입하지 못했다는 사실이
신기하기만 했다. 이번에도 나는 책이 처음에 상정한
독자가 되기까지 성장해야 했고, 책은 그런 나를 내내
기다려주었다.

126쪽 분량의 『고양이에 대하여』는 레싱이 쉰 가까운
나이였던 1967년 출간되었다. 책은 레싱의 성장기인
1920년대 로디지아(지금의 짐바브웨)의 한 농장에서
시작돼 그로부터 약 30년 후 런던 부촌의 널찍한
주택에 사는 그의 얘기로 끝난다. 그리고 그 세월 내내
고양이들이 있다. 길든 집고양이들과 길고양이들, 살가운
고양이들과 위험한 고양이들, 아름다운 고양이들과 추한
고양이들, 영리한 고양이들과 멍청한 고양이들. 고양이들.

로디지아 초원 지대 한가운데 자리한 외딴 농장을
배경으로 시작되는 서두에서 자연의 세계는 자랑스러운
한자리를 차지한다. 독자는 살아 있는 사람을 한 명도

---

* 돈 마키의 우화집 『아치와 메히타벨Archy and Mehitabel』과 이어지는 시리
즈에 등장하는 길고양이 캐릭터로, 바퀴벌레 시인 아치의 둘도 없는 친
구다.

만나지 못한 채 새, 뱀, 곤충, 온갖 종류의 짐승부터
소개받는데, 녀석들은 저마다 다른 이유로 어린 도리스와
그의 부모에게 골치 아픈 문젯거리를 던져준다. 가장
지독한 골칫거리는 농장 주변에 살면서 주야장천 임신해
새끼들을 한 배씩 뚝뚝 떨어뜨리고 돌아다니는 수많은
고양이다. 새끼들이 새로 잔뜩 태어나면 그때마다
자묘들을 물에 빠뜨려 고양이 수를 감당할 수 있는
수준으로 유지하는 일은 도리스의 모친이 맡는다.
그러나 도리스가 열네 살 때 모친은 우울증에 걸려
새끼 고양이들을 없애는 일에서 손을 뗀다. 삽시간에
고양이 마흔 마리가 농장에 살게 된다. 이제 모두가
우울증에 걸리고 만다. 어느 주말 어머니는 여행을 떠나고,
고양이들을 없애야겠다는 결정이 내려진다. 지금 당장
결행해야 한다. 도리스는 부친과 힘을 합쳐 아끼는 고양이
한 마리만 남기고 나머지 고양이를 죄다 안 쓰는 별실로
몰아넣고, 부친은 녀석들을 한 마리씩 전부 총으로 쏴
죽인다.

　책을 읽어나가던 나는 입이 점점 벌어지다 못해
끝내는 가슴께까지 뚝 떨어진 것 같다. 내가 충격을 받은
주원인은, 어른이 된 레싱이 이 섬뜩한 이야기를 가히
독보적인 평정심을 유지한 채 서술하기 때문이다. 눈

한번 깜짝하지 않고, 침 한번 삼키지 않고, 단 한 문장 단 한 음절에도 고통을 드러내지 않는다. 대신 거기에는 싸늘하고 명료하며 한 발짝도 물러서지 않는 작가의 시선이 있다. 그랑기뇰의 쇼Le Théâtre du Grand-Guignol* 저리 가라 할 정도로 엽기적인 가족의 사정을 무해하기 짝이 없는 우발적 사건처럼 응시하던 그 시선은, 기가 막히다 못해 헛웃음이 날 정도의 감정적 철벽을 치고 술회한다. "고양이 대학살 사건으로 화가 나긴 했지만 (…) 슬퍼한 기억은 없다."

25년이 지나 우리는 런던의 한 주택에 있고, 레싱이 '회색 고양이'라고 부르는 고양이를 소개받는다. 새끼 때는 레싱이 본 고양이 중 가장 아름다운 고양이였다. "회색과 크림색. 하지만 가슴과 배는 스모키한 금빛이었고 (…) 목에는 절반쯤 검은 줄무늬가 있었다. 얼굴은 눈 주위에 검은 연필로 칠한 듯, 곱게 까만 아이라인이 그려져 있었고, 뺨에도 고운 까만 줄무늬가 있었다. (…) 이국적으로 아름다운 동물이었다. (…) 두려움이라곤 없이 (…) 어슬렁거리며 집 구석구석을 한 치도 빼놓지 않고 샅샅이 살피곤 내 침대로 올라와서 접힌

---

* '대형 인형의 극장'이라는 뜻이다. 에로틱하고 그로테스크한 공포 연극을 전문적으로 상영했던 프랑스의 대중 극장으로 파리 피갈 지역에 있었다.

이불 밑에 슬며시 자리잡고 거길 제 집으로 삼았다."
이건 대문자 C로 써야 할 '고양이 중의 고양이Cat'다.
"부드러운 부엉이 같은 고양이, 나방 같은 앞발을 가진
고양이, 보석이 박힌 고양이, 기적적인 고양이! 고양이,
고양이, 고양이, 고양이……" 하지만 혹시라도 당신에게,
그러니까 독자에게 작가가 그답지 않게 넋을 놓고 홀딱
반해버렸다는 오해를 살까 봐, 레싱은 재빨리 덧붙인다.
"아무리 미화하려 해도 어쩔 수 없다, 녀석은 자기밖에
모르는 짐승이다."

그리고 그 집에 '검은 고양이'가 온다. 적수가 없는 회색
고양이가 군림하고 있지만 검은 고양이에게도 마땅한 몫은
나눠줘야 하니까. 회색 고양이("자기밖에 모르는 짐승")는
알고 보니 무관심할 뿐 아니라 노골적으로 적대적인
어미였다. 녀석은 첫배 새끼들 중 처음 낳은 새끼를
죽이고 나머지 새끼들도 여러 번 버리려고 들었다. 반면
검은 고양이는 어미가 되면서 진정한 성묘로 독립한다.
"새끼들을 품고 있을 때면, 녀석은 가녀린 칠흑빛 앞발을
쭉 뻗어 새끼들을 한꺼번에 보듬었다. 보호자 같기도
압제자 같기도 한 모습으로 눈을 반쯤 감고, 목구멍
깊숙한 곳에서 갸르릉 소리를 내는 녀석은 숭고하고
너그러웠고—자기 자신에 대한 거리낌 없는 확신이

있었다."

이 고양이들은 서로 유대를 맺지 않지만, 내 고양이들처럼 언제나 서로와의 관계 속에서 자기 자신을 의식한다. 다채로운 태도를 보여주는 내 고양이들과는 달리, 레싱의 고양이들은—그는 이 고양이들이 숱한 결혼에서 주도권을 잡은 사람들과 어쩐지 비슷하다고 은근히 암시하는 듯한데—거의 배타적으로 하악거리고 카악거리는 질투 어린 도발로만 관계를 맺는 듯하다. 이런 행동의 획일성은, 우리 고양이들의 매력적인 변덕을 생각하자니, 일화가 쌓일수록 점점 더 알쏭달쏭해 보였다. 그러다 결국, 바로 이 대목에서 나는 똑바로 일어나 앉고 말았다. "검은 고양이가 해산하고 복작복작한 새끼들 사이에 누워 있으면, 회색 고양이는 어미 노릇이라면 질색하면서도 방 건너편에 앉아서 시샘하며 못마땅해한다. 그럴 때 녀석은 귀를 뒤로 젖히고 온몸과 표정으로 '쟤 싫어. 진짜 싫다고'라고 말한다." 그런데 내게는 이 대목 어딘가가 왠지 진정성 없다고 느껴졌다.

별안간, 나는 고양이들끼리 맺는 관계를 설명하는 레싱의 말을 믿지 못하게 되었다. 그 관계 속에서 레싱은 오로지, 언제나, 부정적인 것들의 드라마로만 추동되는 권력 투쟁만을 보는 듯했고, 놀거나 장난을 걸거나 해로울

것 없는 소동을 일으키는 건 보지 않았다. 레싱의 산문을
그리도 열심히 흡수했건만, 『고양이에 대하여』를 읽고
나서야 비로소 지독하게 진지한 그 특유의 감수성이
어떤 목적에 어떻게 봉사하는지가 처음으로 선명하게
보였다. 지금 있는 것들의 있음에 실망한 자신의 낙심을
조금도 봐주지 않고 냉정하게 응시하는, 한 치의 용서도
없는 작가의 완고한 확신. 그 확신의 배후에는 태생적
이데올로그다운 자기방어가 도사리고 있다. 레싱의
남자들은 쿠키 틀로 찍어낸 듯 하나같이 못 믿을
위인들이다. 『금빛 공책』은 물론이고 무수한 단편에서도
숱하게 등장하는 남자들에 대한 매몰찬 초상을 읽던
당시에는, 도저히 신뢰할 수 없는 그들의 본성이 지금
작가가 전달하는 이야기에 도구로 쓰인다고 여겼었다.
그런데 불현듯 기억이 되살아났다. 젊은 여자로서 레싱을
처음 읽을 때는 남자들을 보는 이런 시각이 마냥 신나고
즐겁기만 했다('그렇지! 이거지! 이거야!'). 하지만 두 번째
읽을 때는 조금 당혹스러웠고('설마 죄다 이렇게까지 나쁠
리는 없잖아!') 그다음엔 "어, 잠깐, 잠깐만……" 소리가
나왔다.

이제야 초점이 맞아서 내 눈에 선명하게 들어온 게
바로 그 자기방어였다. 물론, 그게 작가로서 레싱의 필력이

샘솟는 원천이라는 것도 안다. 하지만 그건 한계이기도 하다. 이제야 떠오른 생각이지만, 레싱이 세계의 사정을 조금쯤 봐줄 수 있었더라면, 사건에서 한발 물러나 조금은 희극적인 분통을 터뜨리거나 따뜻한 속앓이를 할 수 있었더라면, 동물의 관계성을 바라보는 시각도―남자나 짐승이나―조금은 확장되어 소정의 뉘앙스를 품을 여유가 생겼을지 모른다. 그랬다면 분명, 그의 문장들도 더 큰 즐거움을 주었으리라.

아
홉

오랜 세월 늘 앉아왔던 의자에 앉은 나는, 중요한 깨달음이 임박했다는 예감과 기대감으로 갈라져 쉰 목소리로 맞은편에 앉아 있는 정신분석가에게 말했다. "이제야 비로소, 처음으로 알게 됐어요, 정말로 깨달았어요. 남자들이랑 맺은 관계가 그간 얼마나 기만으로 얼룩져 있었는지 말이에요."

정신분석가는 지치고 따분한 표정을 숨길 생각도 없이 대답했다. "'이제야 비로소, 처음으로 알게 됐어요'라는 말을 스스로 얼마나 많이 했는지 아세요? 이제야 비로소 처음 알게 된 것들을 언제 **행동에 옮길** 생각인가요?"

나는 물끄러미 그 여자를 바라보았고, 그도 나를 빤히 보았다. 참 기구한 팔자네, 그날 생각했다. 뉴욕의 정신분석가로 살면서 오랜 세월 허구한 날 나 같은 피분석자들의 얘기를 들어줘야 하다니. 하나를 들으면 열을 아는 통찰 제조 공장들, 날마다 처음 이런저런 것들을 깨닫는 사람들, 하지만 우리 중 누구도 깨달음에 기초해 행동하지 못한다. 그 순간 뭔가 사춘기의 반항심 같은 것이 내 안에서 폭발했다. 됐어, 다 집어치워, 마음속으로 외쳤다. 날 여기서 내보내달라고. 이 의자에서, 이 방에서, 이 삶에서 나가게 해줘. 못 하겠어, 도저히 못 하겠단 말이야.

얼마 후 나는 『이름 없는 주드*Jude the Obscure*』를 다시 읽다 끔찍하고 형편없는 행동을 해놓고는 참담하게 부적절한 변명을 늘어놓는 수 브라이드헤드와 맞닥뜨렸고, 정신분석가 상담실에서 벌어진 바로 이 장면이 떠올랐다. '이 여자도 못 하겠다 싶은 거지. 이 여자도, 그냥, 나가버리고 싶은 거야' 하는 생각이 들었고, 가엾은 수를 공감해줘야 할지 경멸해야 할지 마음을 정할 수가 없었다. 지금도 여전히 못 하겠다.

10대 후반에서 20대까지 나는 줄곧 토머스 하디의 소설에 나오는 인물들 때문에 가슴 아파했다. 기나긴 세월 온갖 시련을 견디고 견뎌도 결국 무시무시한 패배로 끝나고 마는 그 비참한 운명에 이유가 있다면, 잘못된 시간 잘못된 장소에서 잘못된 계급으로 태어났다는 사실

하나뿐이다. 그런 인물들 사이에서도 수 브라이드헤드는 누구보다 더 내 마음을 아프게 쥐어짰다. 내가 성장의 여러 단계를 거치는 사이에도 이 여자의 이야기는 변함없이 그 신화적 힘을 잃지 않았고, 희박한 승산에도 굴하지 않고 통합된 삶 비슷한 무언가를 이루려는 그의 투쟁(이라고 생각했다)을 지켜보던 나는—까마득히 오랜 시간에 걸쳐!—기쁜 마음으로 그와 나를 동일시했다. 최근 그 책을 다시 읽었는데, 물론 주드와 수 두 사람 모두의 기념비적인 불행을 따라가는 동안 커다란 돌덩이가 가슴을 짓누르는 듯 답답해지는 건 여전했지만, 이번에 내가 가장 흥미롭게 주시한 건, 빅토리아시대의 위대한 소설가가 한 캐릭터의 움직임을 통해 우리 모두를 괴롭히는 질병, 즉 의식에의 저항을 추적하는 그 천재적인 방식이었다. 피와 살을 지니고 구체적 현실로서 생생히 살아 움직이는 그 캐릭터는 가히 사례 연구에 근접하는 듯 보였다.

『이름 없는 주드』의 사건은 19세기 후반 영국 시골 마을들과 크라이스트민스터라는 허구의 대학 도시를 배경으로 전개된다. 주드 폴리는 타고나길 독서가이지만 시골에서 가난하고 무식하게 성장기를 보냈고, 저 멀리 크라이스트민스터에서 수학하는 인생을 갈망한다. 이 갈망은 살아갈 힘을 줄 뿐 아니라 눈 뜨고 깨어 있는 시간을 통째로 채색한다. 바로 이 꿈에 그는 자기실현의 기대를 온전히 건다. 그런 기대를 품고 있다는 사실만으로 주드는 성장기를 함께하는 주변 사람들과 구별된다.

초반부에 온갖 우여곡절을 겪은 끝에—그중엔 저버렸으나 끝내지는 못한 혼인 관계도 있었다—주드는 대학 도시에 입성하지만 천국이라고 상상해온 이곳에서, 수시로 거부당하는 계급인 자신은 반기는 이 없는 불청객이라는 걸 알게 된다. 그때부터 주드가 겪는 경험은 실존을 건 규모로 확장된다. 시골에서 꿈을 꾸며 소년 시절을 흘려보낸 주드는 상처받았거나 억울하다는 느낌은 종종 들었어도 소외감을 느끼지는 않았다. 하지만 주드는 이곳 크라이스트민스터에서 오랜 세월 보호막이 되어준 필생의 꿈이 벗겨지자 갑자기 적대적인 우주에 홀로 남겨진 기분에 사로잡힌다. "아는 인간이라곤 하나도 없는 이곳에서, 주드는 그 고립감을 자기 성격에 각인시키기 시작했다. (…) 그것은 걸어보았자 남들 눈에 보이지도 들리지도 않는 사람이 된 듯한 감각이었다." 섬광처럼 어떤 생각이 뇌리를 스친다. 주변의 여자와 남자들, 자기가 걷고 있는 크라이스트민스터의 거리를 걷고 있고 외모도 자기와 몹시 흡사한 그 사람들 역시 자기만큼이나 투표권을 박탈당한 것처럼 보인다는. 그 순간 주드는 공감 능력을 지닌 인간이 된다. 여기서부터 주드는, 자신이 뚫고 나아가는 삶의 의미를 흡수해보려 기를 쓰며 발버둥치면서도, 언제까지나 자기 자신을 많은 사람 가운데 한 명으로만, 즉 똑같이 낙원에서 추방된 사람들 중 한 명으로만 보게 된다. 이 깨달음의 여운이 그 위대한 품격의 원천이며, 그의 품격은 인간적 발달의 체험을 계도하는 조명 기구다.

그리고 수 브라이드헤드가 등장한다. 주드의 사촌으로 비범한 자유사상가이면서 금세 그의 친구이자 멘토가 되는 이 특이한 젊은 여자는, 처음부터 주드에게 크라이스트민스터를 이상화하는 우를 범하지 말라고 경고한다. "무식한 곳이거든요." 수는 이렇게 주장한다. "자기네 도시 사람, 장인匠人, 주정뱅이, 거지들한텐 예외지만 (…) 그 사람들만큼은 삶을 있는 그대로 보니까 (…) 하지만 대학에는 그런 사람이 드물어요. 당신이 온몸으로 입증하고 있잖아요. 크라이스트민스터의 대학들은 바로 당신 같은 사람을 위해서 설립됐어요. 학문에 대한 열정을 품고 있지만 돈도 없고, 기회도 없고, 친구도 없는 사람. 그렇지만 백만장자의 아들들이 당신 같은 사람들을 팔꿈치로 찍어 이 가도에서 싹

몰아냈지요."

　멜로드라마적인 전개가 잇달아 펼쳐지면서―각 사건은
두 사람이 도저히 통제할 수 없는 외부 세력들과 그들
내면의 심리적 결함이 맞물려 발생한다―주드와 수는
단순하고 굳건한 유대로 연결되는 데 계속해서 실패한다.
일단 첫 아내 아라벨라는 끝까지 주드와 이혼해주지
않고, 따라서 주드는 전처와 완전히 연을 끊지 못한다.
게다가 계약 연애의 요구 조건을 끝까지 까맣게 모르고
있던 수마저 찰나의 절망에 이성을 잃고 다른 남자와
결혼해 둘의 시련을 더욱 비참하게 만든다. 자기보다
나이가 두 배나 많은 교사와 결혼한 수는 육체적으로
끔찍한 혐오감에 사로잡힌 나머지 당대의 모든 법과
관습을 어기고 그의 집에서 도망쳐 나와버린다. 이제
수와 주드는 똑같은 추방자로서 결합한다. 결혼의 특혜는
누리지 못하더라도 그저 함께 조용히 살 수 있기만을
바랐던 두 사람은, 집요한 사회적 비난에 시달리고 가난과
질병에 짓눌리다 못해 급기야 비극을 맞고 파멸하고
만다. 감정적으로 유약했던 수는 강박에 이성의 끈을
놓아버리고 영국 소설을 통틀어 가장 지독하고 뜨거운
종교적 광신에 빠져들어간다. 그리고 머지않아 주드는
슬픔에 잠식되어 결핵으로 사망한다.

수와 주드의 관계 속—아니, 작품 그 자체의—영광과 상심은 하디가 두 사람을 솔메이트로 상정했다는 지배적인 감각에 있다. 두 사람의 성정이 꼭 닮았음을 보여주는 증거는 많지만 내게 특히 거듭 깊은 인상을 남긴 대목이 있다. 느닷없이 다시 등장한 주드의 전처 아라벨라는 그들 사이에 아이가 있다고 밝히며, 이제 그 남자아이를 보낼 테니 두 사람이 키우라고 한다. 처음에 주드는 억울한 기분에 사로잡혀 멈칫한다. 그 아이가 자기 아들인지조차 확신할 수 없다. 그러나 금세 주드는 이 상황을 소년의 관점에서 상상하기 시작하고 지식인의 품격을 발휘한다. "내 아들이든 아니든, 저 아이가 삶을 보는 시선은 참 기구하겠구나!" 주드는 영혼의 반려인 수에게 말한다. "혈통이라는 졸렬한 문제 말인데—사실, 그게 대체 뭐란 말이지요? 생각해보면 무슨 의미가 있냐고요, 아이가 혈육으로 얽힌 친자건 아니건 무슨 상관이에요? 동시대의 모든 어린아이는 동시대의 어른인 우리 아이이고 우리의 보편적인 돌봄을 받을 자격이 있어요. 제 자식만 감싸고돌고 남의 자식들이라고 미워하는 부모의 관심은 계급 감정, 애국주의, 각자 자기 영혼이나 구하고 보자는 주의主義와 다를 바가 없어요. 그 바닥을 들춰보면 저열한 배타성이 깔려 있단 말입니다."

이 말을 들은 "수는 벌떡 일어나 주드에게 무한한 애정을 담아 열렬히 키스한다. '그래요, 정말 그래요, 내 사랑! 그럼 우리가 그 아일 여기서 데리고 살아요!"

이들은 장폴 사르트르라면 부차적이기보다 본질적인 관계라 일컬었을 유의 영혼과 정신의 연결을 경험하는 사람들이다. 작가도 두 사람의 실존을 무척이나 낭만적이게 표현했으니, "서로를 완벽하게 이해하게 되어, 눈빛 하나 몸짓 하나마저 말로 하는 이야기 못지않게 효과적으로 서로의 지성을 전달하는 매개체가 되었고" 두 사람은 "온전한 하나를 이루는 반반" 같았다고 한다.

그러나 영혼으로 하나가 된다는 이 귀한 선물마저 도무지 해결이 나지 않는 여러 갈등에 맞서 싸우는 두 사람에게 힘을 주지도, 힘이 되지도 않는다. 그리하여 자아의 통제권을 쟁취하려는 보편의 사투는 끝없이 좌초된다. 소설에서 가장 고통스러운 요소는, 공유된 감수성의 힘이 지닌 한계가 기가 턱 막힐 정도로 생생히 묘사되어 있다는 점이다. 누군가와 같은 감수성을 공유한다고 해서, 늘 우리 안에 도사리고 있다가 틈만 나면 봇물처럼 터져나와 빈약한 자기인식의 평원에 범람할 틈을 노리는 원초적 야만으로부터 구원받을 수는 없다. 주드는 포기하지 않고 용감하게 싸우지만, 수는 애초에 무릎을 꿇고 항복할 운명이다. 대담무쌍한 지성을 봐서는 수의 내면에도 어느 정도 투지가 있을 거라 생각하게 되지만, 알고 보면 그의 정신적 용기는 한 차원 높은 영적 공포에 속박되어 있다.

수라는 인물은 그 자체로, 엄청난 심리학적 수수께끼다. "내 인생은요." 수는 주드에게 설명한다. "사람들이 기벽이라고들 하는 내 안의 뭔가에 완전히 휘둘려버렸어요." 무슨 말인고 하니, 수는 철저한 무성애자로 아주 어린 유년기부터 리비도가 땅속으로 파고들 조짐을 보였다. 다 커서도 말괄량이로 남은 여자답게, 수는 늘 남자들에게 우애를 느끼지만 그들을 욕망하지는 않았다. 관능적 관계에 내재된 위험을 초년에 알아차린 후로, 그는 성적 연결이 곧 노예 상태라는 공포를 영영 떨치지 못했다. 결혼의 의례만 봐도— 사랑하고 존중할 뿐 아니라 **순종**까지 하라는 요구를 내포하니—지독한 공포에 빠져들지 않을 수 없다.

수 자신의 표현대로 이런 '기벽'은 그의 존재 자체에 독을 풀었다. 남자들은 겉보기에 천사 같은 수의 순수성에 이끌렸고, 처녀로서 가질 수 있는 수의 두려움은 친밀감이 쌓이면 휘발되어 사라질 거라고 하나같이 믿지만, 결국엔 벽돌담처럼 단단하게 얼어붙은 저항에 부딪히고야 만다.

이 저항은 주드에 대한 사랑이 커지면서 누그러들긴 해도 결코 녹아 없어지지는 않는다. 곡절 많은 삶을 살아가는 동안, 성애의 예감만으로도 수의 심리는 요동치고, 그리하여 수는 자신과 얽히는 모든 사람에게 불행을 초래한다. 왜 공포심이 이토록 가시지 않는지 스스로도 전혀, 도무지 알 길이 없는 수는, 손을 쥐어짜고 발을 구르며 "못 해요! 난 못 한다고요!"라고 외칠 따름이다.

도저히 잊히지 않는 소설 속 한 장면에서 수는 영문도 모른 채 모욕감을 느끼는 남편에게 왜 잠자리를 같이할 수 없는지 설명해보려 애쓴다. 하지만 설명할 수 있을 리가 없다. 설명할 게 있어야 할 것 아닌가? 당신한테 혐오감을 느낀다고 할까? 그러다 끝내는, 남편 못지않게 혼란스러운 고뇌에 빠진 수가 외친다. "원래 이렇게 태어난 걸 어쩌라고 나를 괴롭히는 거예요, 다른 사람들만 해치지 않으면 되잖아요?" 그러자 남편도 소리친다. "하지만 해를 끼치잖아요. 나한테 상처를 준다고요!" 수는 할 말을 잃고 남편을 쳐다본다. 그가 무슨 말을 하는지 도통 알지 못하는 채로.

아주 느리게, 세월을 거치며, 이 대목을 읽고 또다시 읽고서야 나는 이 소설에서 감정을 상상하지 못한 과오가 전적으로 수의 몫이라는 사실을 깨달았다. 수는 타인의

눈으로 자기를 볼 수 없는 사람이기에, 자기를 사랑하는
모든 사람이 자기 때문에 겪는 불행의 깊이를 가늠하지
못한다. 그제야 나는 새벽빛 같은 한 가지 깨달음을
얻었는데, 그건 바로 수가 자기 자신을 알지 못하기에,
알기를 원치 않기에 자기를 볼 수 없다는 사실이었다. 수가
같이 살 수 없는 사람은 바로 자기 자신이다. 그가 끝없이
도망치려 하는 사람도 바로 그 자신이다.

선명한 기억의 자취를 질주하며, 나는 생각했다. 이
소설이랑 함께한 여행길이 참으로 길구나. 그 길에서 발을
멈추고 들른 곳은 또 얼마나 많은가.

성애를 철저히 끊으려 애쓰는 수를 처음 만났을
때는, 설레고 흥분되었다. 성애와 무관하게—흡사 존재
자체의 품격이 달려 있다는 듯—자기를 지키려는 태도가
20대였던 내 안에서 어떤 심리적 코드를 울렸고, 그게
예시로 느껴졌다. 근본적인 어떤 진리가 이제야 막 초점이
잡혀 시야에 들어온 느낌이었다. 그건 바로 성애의 이중적
속박이라는 문제였다. 성애는 끌어당기고 또 밀쳐낸다.
내가 읽던 소설 중에 이 문제를 제대로 다룬 책은 거의
없었고, 하물며 그걸 여주인공의 결정적 성장으로 다룬
책은 아예 없었다. 나는 수의 곤경에 강렬히 공감했다.
수의 비범한 처신, 그 핵심엔 뭔가 범상치 않은 게 있었다.

그건 **홀로 선 자아**를 통해서만 획득할 수 있는 완전한 자족감이라는 신비스럽고 흥분되는 가능성이었다.

10년이 흐르자 용감한 금욕의 화려한 매력은 사라지고, 그는 내 신경을 긁기 시작했다. 이젠 그냥 불감인 걸로 보였고, 엽기적으로 종교에 빠져들어 퇴행하는 그에게 질겁하지 않을 수 없었다. 그 무렵 나는 성인을 위한 평생교육 강좌에서 이 소설을 강의하고 있었는데, 잘난 척하는 한 수강생이 어느 날 외쳤다. "아, 젠장! 이 여자는 꼭 이렇게 미쳐 돌아가야 돼요? 어디 취직이라도 하면 안 되는 거예요?" 나도 모르게 수가 답답해 속이 터진다는 이 세속적 반응에 동조하고 있었다. 아니, 정말이지, 왜 하디는 나조차 반발심을 느끼게 되는 수의 미친 짓거리를 **한 번도** 탓하지 않은 걸까?

또 10년이 흘러, 다시 수를 만났을 땐 내 감정도 상전벽해를 거쳤다. 나는 막 불법 임신중절시술을 받고 스스로 충격을 받을 만큼 불길한 예감에 우울하게 빠져들고 있었다. 마음 깊은 곳 어디선가, 내가 이름 붙일 수 없는 장소에서, 뼛속까지 세속적인 인간인 이런 내가, 인과응보 같은 무언가를 두려워하며 떨고 있었다. 그 무렵, 어느 날 밖에서 걷고 있는데, 머릿속에서 자동적으로 단어들이 조립되어 '이 일로 너는 벌을 받을 것이다'라는 문장이 만들어졌다. 나는 몽유병 환자처럼 나도 모르게 위층으로 올라가 책장에서 『이름 없는 주드』를 꺼내 들고 수가 종교적 광신에 빠져드는 대목을 펼쳤다. 뭐랄까 경탄 비슷한 심정으로 다시 그 대목을 읽으며 나는 전율했다. 합리적 정신의 피막 아래 얼마나 어마어마한 미신적 공포가 도사리고 있는지, 절대로 안 그럴 것 같은 사람들에게서조차. 처음으로 나는 느꼈고, 이해했다…….

처음으로―또 처음이다―내가 이해했던 그것은 무엇일까?

그건 수의 수동성 한가운데 자리한 어둠이었다. 내가 너무나 잘 아는 고의적 맹목. 아, 물론, 잘못된 시간에 잘못된 장소에서 잘못된 계급으로 태어났다는 문제가 있다. 그러나 하디가 수의 내면에서 빛나게 만든 그것은, 자기 경험을 온전히 받아들이기 두려워하는 태고의 공포다. 그때 나는 '처음으로 이해'하고 있었다. 그 공포가 얼마나 부지불식간에 난장을 벌이는지, 그 저항은 또 얼마나 조롱에 차 있는지.

가장 최근에 『이름 없는 주드』를 다시 읽고 마지막 장을 넘겼을 땐, 이 책이 마침내 내게 해야만 했던 말을 다 한 걸까 궁금해졌다.

열

    얼마 전 한때는 잘 알았지만 한동안 들춰보지
않았던 책의 사실관계에 대한 질문을 받았는데, 대답을
하지 못했다. 당연히 몇 장 넘기다 보면 기억나지 않는
그 정보를 금세 찾을 거라 생각했다. 하지만 수십
년간 손대는 사람 없이 내 책장에 꽂혀 있던 이 책은
1970년대에 발간된 싸구려 문고판이었고, 꺼내자마자
손 안에서 흐트러지기 시작했다. 표지를 넘기자 첫
장이 책등에서 떨어졌다. 그러더니 한 장 한 장 후두두
떨어지고, 종이 가장자리도 바스라져 비 오듯 떨어지기
시작했다. 삽시간에 내 눈앞에서 사백 장의 낱장이
사방으로 흐트러져 떨어졌다. 내 무릎이, 책상이, 바닥이
책장들로 뒤덮였다.
    웬일인지 이 책의 파멸이 전기충격처럼 내 몸을

관통했다. 이 책의 실체가 생명을 지닌 사물이라도 됐던 것처럼, 차마 고통 속에 망가진 그 유해를 쓸어 담아 쓰레기통에 버릴 수가 없었다. 두서없이 책장을 주섬주섬 줍기 시작한 나는 바래버린 활자를 새로운 기억에 새기려는 듯 한 장 한 장 눈앞에 갖다댔다가 책의 본질을 흡입하려는 듯 코에도 갖다댔다. 그다음엔, 이 사태를 과학적으로 설명해줄 비밀을 찾으려는 듯 낱장 낱장을 유심히 들여다보다 책등에 발려 있는 말라빠진 풀을 살펴보길 번갈아 했다.

갑자기 40년 전쯤 내가 그은 게 틀림없는 밑줄이 주의를 붙들더니, 다음에는 내가 동그라미 쳐둔 문단이, 여백에 나란히 적힌 두 개의 느낌표가 눈에 띄었다. 먼저 밑줄 그은 문장을 보았다. 그런데 알 수가 없었다. 왜 이 문장에 줄을 친 걸까, 나는 자문했다. 여기서 뭐가 그렇게 흥미로운 거지? 여기 네가 또 밑줄 그은 데를 봐. 너무 뻔한 문장인데! 넌 대체 무슨 생각을 했던 거니? 배회하던 눈길은 아무 줄도 없는 옆 페이지에서 멈췄고, 나는 생각했다. 여기 이거야말로 진짜 흥미로운 대목인데, 어떻게 그 옛날 넌 이런 데 관심이 없었던 거니?

정말이지 어떻게 그랬을까.

나는 내가 표식을 남겨둔 페이지들을 이리저리

읽어대기 시작했다. 그러다 고대의 파편들을 놓고 머리를
싸맨 채 어떤 배치로 놓아야 토출할 가치가 있는 도면이
나올까 고민하는 고고학자처럼, 그것들을 조각조각
짜맞추기 시작했다. 머지않아 그걸 읽던 내 젊은 날의
자아가 꽤 또렷하게 눈에 들어왔고, 나는 이 훌륭한
책이 끌어낸 단상들이 그렇게나 초보적이었다는 데
아연실색했다. 여백 전체에 "완전 옳소!"라고 도배를 해둔
거나 마찬가지였다.

　책장들을 순서대로 다시 정리하고 앉은 나는 그 책을
새로 읽기 시작했고, 지금 보니 표시할 만하다고 느껴지는
문장과 대목에 다른 색 펜으로 밑줄을 긋고 동그라미를
쳤다. 그리고 책을 두꺼운 고무밴드로 묶어 고정한 다음
오랜 세월 그 책이 차지하고 있던 책장 한 자리에 도로
꽂았다. 오래오래 살다가 언젠가 손에 또 다른 색 펜을
들고 그 책을 다시 읽을 날이 오기를 바라며.

옮긴이의 말

끝낼 수 없는 일
―거듭 읽고 부단히 진화하는,
비범한 의식의 성장서사

1935년에 태어난 비비언 고닉은 페미니즘 운동가,
이론가, 문학비평가로 활동하다 52세인 1987년 『사나운
애착*Fierce Attachment*』을 전기로 뒤늦게 작가로서 본궤도에
오르게 된다. 60대에 접어든 1990년대 중후반에는
『아무도 지켜보지 않지만 모두가 공연을 한다*Approaching
Eye Level*』(1996)와 『사랑 소설의 종말*The End of the Novel of
Love*』(1997) 등의 작품을 발표했고, 2000년대 들어서는
『상황과 이야기*The Situation and the Story*』(2001)를 새로 쓰고
『과학계의 여자들*Women in Science*』(1983, 2009)을 비롯한
초기 작품들도 재출간하며 활발한 활동을 이어왔다.
그리고 놀랍게도 80세가 된 2015년에는 회고록 『짝 없는
여자와 도시*The Odd Woman and the City*』를, 2020년에는 이
책 『끝나지 않은 일*Unfinished Business*』을 펴내며 여전히

'작가들의 작가'로 건재함을 과시하고 있다.

이 두 권의 신작이 모두 다시 읽기의 소산인 것은
우연이 아니다. 다시 읽기는 직접 경험의 폭이 상대적으로
좁아진 노년의 작가로서 고닉이 동시대적 유의미함을
확보하는 탁월한 전략이다.『짝 없는 여자와 도시』가
『사나운 애착』에서 다룬 어머니(그리고 뉴욕이라는
장소)와의 관계로 구성되는 작가의 핵심 자아를 다시
돌아본다면,『끝나지 않은 일』은『사랑 소설의 종말』을
비롯한 문학비평의 성과를 되짚는다. 회고와 재독은
똑같이 다시 읽기로 귀결된다. 고닉은 기억된 삶과
문학적 텍스트를 굳이 구별하지 않는다. 거리에서
아무도 보지 않는 공연을 하고 있는 이름 모를 사람들도,
끔찍하게 단절된 동시에 지독하게 연결된 모친과의
관계도, '사회문화적 맥락' 속에 놓인 텍스트로서 고닉의
작가의식에 충돌해 이야기로 화한다는 점에서는 뒤라스나
로런스의 캐릭터들과 다를 바가 없다.

태어나면서부터 책을 읽었던 것 같다는 고닉은
천생 읽는 사람이다. 롤랑 바르트가 지명한바 "문학의
각인, 문장들의 명령을 받는 자"이며 "먼저 존재했던
문장들로부터 삶의 형태들을 받아 (…) 문학적 또는
텍스트적 상상계"에 기거하는 인간이다. 고닉은 문장이

"우선 욕망을 유도하고 그다음에 뉘앙스를 유도하고 가르친다"는 바르트의 말에 동의했을 것이다. 욕망은 학습되며 책이 없다면 욕망 역시 없다는 명제에도 동의했을 것이다.* 비비언 고닉을 읽는다는 것은, 문장들로부터 모든 욕망과 뉘앙스를 학습한 작가가 텍스트화된 세계를 읽어내는 비범한 의식 그 자체를 읽는다는 의미다. 초기작에서는 그 욕망이, 후기작에서는 뉘앙스가 두드러지게 드러난다.

　『사나운 애착』에서 고닉은 네티의 은밀한 초대에 소스라쳐 어머니에게로 도망치는 어린 자기 자아의 뒤틀리고 불안한 심리를 예리한 정신분석가처럼 관조한다. 이 거리는 잔인하다. 엄마의 고통스러운 여성성에 뒤덮여 허우적거리는 딸의 울분은 타인을 관찰하고 분석하는 시선에도 서늘하게 배어든다. 독보적인 기억력은 축복이라기보다, 오히려 저주다. 엄마는 물론이고 커너 아줌마, 네티, 도로시 러빈슨 등 주변 인물은 스스로 은폐하고 있다고 믿었을 저의의 서브텍스트까지 잔인하리만큼 신랄하게 해부당한다. 자신과 타인을 난도질해 펼쳐놓는 혹독한 시선은, 돌이킬 수 없는

* 롤랑 바르트, 『롤랑 바르트, 마지막 강의』, 변광배 옮김, 민음사, 2003, 179~181.

심리적 외상을 입은 내면 아이의 사랑할 수 없으나 애착하는 욕망과 결핍에서 나온다. 오랜 세월이 흘러 『짝 없는 여자와 도시』에서 이 페르소나는 엄마가 아니라 뉴욕이라는 불세출의 대도시 품에 안겨 성장하며 자아의 이야기를 다시 쓴다. 번잡한 도시의 아름다운 단절 속에서 짝 없는 여자들이 '쓸쓸하지 않게' 존재할 수 있는, 역사상 유례 없는 가능성이 생겨났다. 낭만적 사랑과 모성의 신화에 환멸한 고닉은 뉴욕이라는 메트로폴리스, 새로운 형태의 느슨한 인간 공동체에서 성별과 젠더의 굴레를 벗어나 읽고 쓰는 관찰자라는 핵심 정체성을 구성하고 유지한다. "이상화된 타자의 부재"가 남긴 침묵을 "상상의 동반자"인 자기 자신으로 채울 줄 알게 된다. 자기 내면의 오랜 공허를 본 중년의 고닉은 타자의 삶에 배어든 섬세한 뉘앙스를 읽어내는 우정 어린 시선을 획득한다. "스치듯 아는 사이"였던 이들과 함께 "독방의 앨리스를 구조하겠다는 동료 의식"을 공유한다. "신경증적 우울"의 "감옥"을 벗어나 "최선의 자아"로 성장하는 책무가 자기 자신에게 있음을 깨닫는다. 동그라미의 주변에서 핵심으로 도달해 빛을 밝히는 상상의 힘으로 도시를 가득 채우고 자기표현력을 입증하는 익명의 인류에게 사랑을 선언한다. 연결의 초대장을 보낸다. 『사나운 애착』의 욕망이 내뿜던

맹폭한 울분은 『짝 없는 여자와 도시』에서 세련된 의식을 딛고 공조의 연대를 꿈꾸는 인간적 책무의 인식으로 승화되었다. 『사나운 애착』은 '다시 읽기'를 통해 그렇게 새로 쓰인다. 오도 가도 못하고 결코 충족되지 않을 욕망에 속박당한 『사나운 애착』의 궁지는 이제 불행한 결말이 아닌 성장서사의 중간에 위치한 위기로 위치가 조정된다. 성장의 지향점은 의식의 계발이다.

> 여기서 중요한 건 인간으로서—그래, 처음부터 끝까지—다해야 할 유일한 도리가 의식을 명예롭게 간직하는 일이라고 할 때, 자기 정신을 활용하는 걸 세상 제일가는 기쁨으로 여기며 의식 있는 인간이 되기 위해 평생 분투해온 그가 이제 그 유구하고 결연한 노력을 무시—아니지, 폐기—하게끔 조성된 환경에 갇혀버렸다는 사실이었다.[*]

요양병원에 들어간 작가 앨리스의 처지를 슬퍼하는 이 대목은, 비비언 고닉 또한 읽고 쓰는 자로서, 인간으로서 "자기 정신을 활용하는 (⋯) 의식 있는 인간이 되기 위해"

---

[*] 『짝 없는 여자와 도시』, 116.

평생 분투해왔음을 암묵적으로 드러낸다.

여기서 핵심어는 '의식'이다. 고닉이 조명 기구로 활용한 의식의 개념은 일찍이 우리 시대를 예기했기 때문이다. 그의 '의식'은 20세기를 지배한 근대의 형이상학적 관념보다는 21세기 현대 뇌과학의 중요한 발견들에 부합한다. 뇌신경과학자 안토니오 다마지오가 몸의 느낌과 마음의 사유를 통합해 재정의한 의식 개념은 고닉의 '통합된 자아'를 가늠하기 위해 꼭 짚고 넘어갈 필요가 있다. 다마지오는 연주자가 무대에 올라 빛을 받는 순간이 "의식, 아는 마음의 탄생, 정신의 세계로 들어가는 자아 감각sense of self"의 은유이기에 언제나 감동적이라고 말한다. 의식의 조명이 비추는 순간, 무지로부터 앎으로의 전이가 일어나고 '자신인 상태selfness'로의 이행이 이루어진다. 이처럼 몸과 마음이 함께 연루되어 앎을 획득하는 의식, 특히 대상에 빛을 비추는 조명의 은유는 비비언 고닉의 일인칭 저널리즘 개념과 거의 완벽하게 부합한다. 페르소나와 관찰하고 글쓰는 자아가 일인칭으로, 그리고 삼인칭으로, 따로 또 같이 움직인다. "이 의식은 마음이라는 주관적 과정의 일부로 나타나는 전적으로 개인적이고 일인칭적인 현상이다. 그러나 의식과 마음은 제삼자가 관찰할 수 있는 외부적 행동과 밀접하게 연결되어 있다. 우리는 마음, 마음 안의 의식, 행동을 공유하며, 이 때문에 인간 마음의 과학, 행동은 개인적인 것과 공적인 것 사이의 명백한 상호관계에 근거한다. 한편에는 일인칭적 마음, 다른 한편으로 삼인칭적인 마음이 있다."* 다마지오가 덧붙인 가장 중요한 통찰은 지극히 사적인 고닉의 글쓰기가 사회문화적 맥락에서 공적 담론으로 기능하는 기제도 설명해준다. "외부로 향하며 공적인 정서가 마음에 영향을 미치기 시작하는 것은, 내부로 향하며 사적인 느낌을 통해서다."**

『짝 없는 여자와 도시』에서 고닉은 정서와 사유가 통합되는 순간, 팔과 다리와 가슴과 목구멍을 훑고 지나가는 지긋지긋한 언어 감각이 뇌에 가닿는 경지, 진정한 자기 자신과의 대화가 시작되는 순간을 꿈꾸었다. 그리고 이 책『끝나지 않는 일』은 그 꿈이야말로 모든 훌륭한 문학작품이 공유하는 매혹의 근원이라는 깨달음에 도달한다.

〔이번 읽기에서는〕 또한 좋은 책이 우리를 감동시키는

---

* 안토니오 다마지오, 『느낌의 발견: 의식을 만들어내는 몸과 정서』, 고현석 옮김, 아르떼, 2023, 33.
** 위의 책, 62.

힘, 글에 암묵적으로 내재하는 그 힘의 원천을
알게 되었다. 그 힘은 산문의 신경 어딘가에 붙들려
담겨 있다. 그것은 어김없이(흡사 원초적 무의식에서
나오듯) 우리를 끈질기게 사로잡는 어떤 상상이었다.
균열이 아물고 부분들이 합체되고 연결에의 갈증이
기가 막히게 해갈되어 잘 작동하게 된 인간 존재의
상상이었다.(26)

『끝나지 않은 일』의 첫머리에서 고닉은 읽고 쓰는
자아의 중추를 구성하는 의식의 결함과 불완전을
통렬하게 자각한다. "인생 초년에 중요했던" 책들을
다시 펼쳐 든 그는 "긴 의자에 누워 정신분석을 받는
느낌"에 빠져든다. 기억의 오류와 노골적인 오독이 과거의
읽기로부터 마구잡이로 떠오른다. 하지만 바깥 세계가
"방울방울" 멀어져갈 정도로 매혹하고 끌어당기는
텍스트의 힘만은 세월이 흘러도 여전하다. 고닉은 지금의
자기보다 더 젊은 자기(들)가 불충분한 경험과 불완전한
앎에 가로막혀 위대한 문학적 텍스트의 풍요한 의미에
진정으로 가닿지 못했음을 절감한다. 80대의 고닉이 20대,
50대에 읽었던 책들을 다시 읽으며 "이제야 처음으로"
새롭게 깨달은 텍스트의 의미에 흥분하고 전율한다.

이것은 사변적인 분석일 뿐 아니라 뜨거운 감정의
체험이다.

참으로 놀라운 장면이 아닐 수 없다. 우리 눈앞에서
걸출한 의식의 진화가 펼쳐진다. 고닉이 제2물결
페미니즘을 통해 획득한 성차별주의의 인식은 소중하고
혁명적인 것이었으나, 그 후유증으로 앓게 된 "이론과
실천의 괴리"는 치명적인 자기분열의 질병이 되어 내면을
갉아먹어간다. 이데올로기만으로는 분열된 자아를
통합할 수 없었다. 분열된 자아로는 세계와도 타자와도
연결될 수 없었다. 고닉은 다시 읽기를 통해 비로소
통합적 자아를 희구하는 문학의 기획을 이해하는데, 이
앎은 그 자체로 치유적이다. 이 새로운 앎의 조명 아래
단어 하나하나를 되짚는 엄정하고 철저한 다시 읽기가
이루어진다. 그러자 다른 시간 고닉의 다른 자아들이
읽고 감응했던 (파편적이고 불완전한) 의미들이 차례차례
전복되고 전위되며 수정되고 보완된다. 우리는 과거
고닉의 자아들과 차례로 조우한다. 다시 읽기가 곧 새로운
자전적 글쓰기가 된다. 한때 로런스의 성애를 자유의
은유로 받아들였던 해방된 여성 고닉은, 그때는 있었으나
이제는 없다. 콜레트를 읽고 낭만적 사랑의 환상에 몸을
떨었던 여학생 고닉도 그때는 있었으나 이제는 없다.

『부활』을 읽으며 저열한 카타르시스에 환호했던 고닉도 한때 있었으나 이제는 없다. 이 재독의 과정에는 우리가 전작들에서 이미 만났던 고닉의 자아들도 조각보처럼 군데군데 삽입된다. 이를테면『아무도 지켜보지 않지만 모두가 공연을 한다』에 적었던 여교수와 남교수의 싸움도 등장하고, 엄마가 파티 드레스의 심장 부위를 도려냈다는 어렸을 적 기억이 착각이었음을 깨닫는『짝 없는 여자와 도시』의 일화도 재등장한다. 하지만 문맥은 조금씩 전위된다. 과거를 바라보는 의식도, 기억도 고정되어 있지 않고 조금씩 흔들린다. 그러자 이야기가 조금씩 달라진다. 이야기가 곧 의식이다. "삶의 압력"을 느끼려는 미숙한 의식(들)의 야심과 실패를 고닉은 정직하게 바라본다. 기억은 불완전하고, 우리는 한 시절 우리가 서 있던 자리의 한계 안에서만 책과 사람을, 세계를 만날 수 있다. 우리가 변하지 않으면 우리 눈에 보이는 세계도 변하지 않는다. 그러나 우리는 언제나 변하며, 그래서 훌륭한 문학작품이 품은 세상의 넓이와 깊이를 만나려면 시공간의 여정을 거쳐 돌아오고 또 돌아와야만 한다. 핵심 텍스트로의 거듭되는 귀환을 통해 우리는 우리 이야기를 다시 쓰고 우리 의식을 새로 발명한다.

따라서 정말로 감동적인 것은, 80대의 읽기가 20대의 읽기를 무화하지 않는다는 사실이다. 그때 그 순간에는 그저 결함 많고 흔들리는 불완전한 의식으로만 발굴할 수 있었던 의미들도 사라지지 않고 기록으로 남는다. 새로운 읽기는 새로운 의미들을 발굴해 그 위에 양피지처럼 의미를 덧쓰고 고쳐 쓰고 겹쳐 쓸 뿐이다. 이야기들은 지워지지 않고 팽창한다. 우회하고 일탈하고 방황했던 삶의 여정, 그 모든 시간이 혜안으로 화한다. 이것은 가히 감동적인 성장서사다. 고닉의 의식은 흔들리고 착각하고 왜곡과 오독을 거듭하면서도 오랜 세월에 걸쳐 천천히, 단단히, 깊이를 확보하고 경계를 확장하며 진화한다.

이 아름다운 진화는 인간으로서 우리 삶을, 그 시간과 축적된 경험의 의미를 궁극적으로 긍정한다. 시간을 두고 다시 읽고 또 읽어도 고갈되지 않는 훌륭한 문학의 풍요함은, 우리 삶의 풍요함으로 다시 긍정된다. 새로운 앎을 끝없이 발견해내는 지혜의 거름이 된다면, 고통과 무지와 갈망으로 흘러간 삶의 시간도 어느 한 순간 무의미로 떨어질 수 없다. 그러니 이 끝없는 읽기의 실천은 '최선의 자아'에 다가가는 인생의 과업이라야만 한다. 읽고 쓰고 사유하고 느끼면서 내면을 갈고 닦아 '최선의 자아'에 다가갈 때, 오로지 그때만 타자와 우정으로, 또 환상 없는 사랑으로 연결되는 길이 열린다는 것을, 고닉은 다시 읽는 삶을 통해 알게 되었다.

『끝나지 않은 일』은, 작정하고 읽는 자는 늙지 않고 영원히 성장한다고 말한다. 감정과 사유를 통합하고 불안한 자아를 다듬고 벼려 제대로 연결될 길을 모색하는, 그러면서 쇠락하지 않고 진화하는 의식의 일생, 정신의 삶이라니. 이렇게 벅찬 노년의 찬미가, 이토록 치열한 독서의 옹호가 다시 있을까.

이야기하기는 "황무지에 길을 내는 일"이라고 말했던 고닉은 일인칭의 글쓰기를 회고록, 사회비평, 심층 심리 탐구, 문학비평으로 발전시켰고, 시간이 흐를수록 입체적으로 축적되는 풍부한 인간성의 가능성을 몸소 열어 보였다. 『끝나지 않은 일』은 고닉의 유명한 '페르소나'를 21세기에 걸맞은 복잡하고 입체적인 양태로 재창조한다. 과거의 의식, 과거의 기억, 과거의 자아를 가감 없이 긍정하면서, 그것을 어렵게 획득한 현재의 혜안과 천재적으로 '통합'해 훨씬 더 섬세한 뉘앙스를 품은 새로운 차원으로 밀어 올린다. 그렇기에 『끝나지 않은 일』에서 내밀하게 사적인 읽기의 행위는 치열하게 공적인 실천의 행위다. 고닉은 읽는 우리를 적극적으로 끌어들여 거기에 참여시킨다. 독서가 어떻게, 얼마나 "내부로 향하며 사적인 느낌"을 통해 "외부로 향하며 공적인 정서"를 탐구하는 의식을 계발해주는지를 생생히 보여준다. 내면은 반드시 외현하고 세계는 안쪽에서부터 만들어지기에, 주체의 내면이야말로 개혁의 장소여야 한다는 것을 그는 이제 너무나 잘 안다. 기존의 읽기를 수정하고 보완하며 겹겹이 뉘앙스를 더해가는 다시 읽기의 과정은 주체의 부단한 개혁이다. 필연적으로 자아를 다시 쓰고 또다시 고쳐 쓰는 행위다. 무섭도록 집요한 그의 다시 읽고 다시 쓰기는 인간다움을 재발견하는 한편, 바르트가 허물어지고 오염되어 사라질까 우려한 "문장의 미래"를 수성한다. 20세기를 넘어 21세기를 조명하고 분열과 단절, 뉘앙스가 사라진 피상적 감정이라는 우리 시대의 문제를 정제된 "산문의 신경"으로 나포한다.

　　마지막 문장에서 나는 꺾이지 않는 고뇌의 결기를 읽고 웃음을 터뜨렸다. 책을 다시 읽고 싶어서 더 오래 살고 싶다는 이 못 말리는 애서가의 당찬 포부에는 유쾌한 전염성이 있다. 앞으로 세상이 어떻게 변하더라도, 이만한 기세로 책을 읽고 의미를 찾아 글을 쓸 수 있다면 죽기 전까지 내 비루한 의식도 조금은 진화해서 그 세상이 조금은 나아지는 데 보탬이 될 수 있으리라. 그러니 변화와 늙음을 두려워하지 말라고, 읽고 쓰는 사람으로서 통합된 자아의 꿈을 향해 매일 한 발씩 걸으라고, 좋은 책들을

집요하게 읽어내라고, 결핍과 고통도 언젠가는 진리에
빛을 비추는 의식의 자양분이 되리라고, 이 책은 우리의
등을 떠밀며 어깨를 두드려준다. 언젠가 오래전 우리가
읽고 사랑했던 우리 인생의 책을, 오늘 다시 펼치고 새로운
이야기를 발견하라고 우리를 격려한다.

김선형

르네상스 영시와 현대 영미 드라마를 공부해 서울대학교에서 문학박사 학위를 받았다. 패티 스미스의 『M 트레인』, 토니 모리슨의 『솔로몬의 노래』, 마거릿 애트우드의 『시녀 이야기』, 수 전 손택의 『다시 태어나다』, 시리 허스트베트의 『내가 사랑했던 것』, 델리아 오언스의 『가재 가 노래하는 곳』 등 다수의 소설과 에세이를 번역했다.

끝나지 않은 일

1판 1쇄 2024년 4월 29일
1판 2쇄 2024년 5월 31일

지은이 비비언 고닉
옮긴이 김선형
펴낸이 강성민
편집장 이은혜
책임편집 박은아
마케팅 정민호 박치우 한민아 이민경 박진희 정경주 정유선 김수인
브랜딩 함유지 함근아 고보미 박민재 김희숙 박다솔 조다현 정승민 배진성
제작 강신은 김동욱 이순호

펴낸곳 (주)글항아리 | 출판등록 2009년 1월 19일 제406-2009-000002호

주소 10881 경기도 파주시 심학산로 10 3층
전자우편 bookpot@hanmail.net
전화번호 031-955-2689(마케팅) 031-941-5161(편집부)
팩스 031-941-5163

ISBN 979-11-6909-233-3 02840

잘못된 책은 구입하신 서점에서 교환해드립니다.
기타 교환 문의 031-955-2661, 3580

geulhangari.com